紫阳书

陈平军 著

陕西新华出版传媒集团

太白文艺出版社

图书在版编目（CIP）数据

紫阳书 / 陈平军著. -- 西安 ：太白文艺出版社，
2019.11（2020.7 重印）
ISBN 978-7-5513-1625-5

Ⅰ.①紫… Ⅱ.①陈… Ⅲ. ①散文诗－诗集－中国－
当代 Ⅳ. ①I227.6

中国版本图书馆CIP数据核字(2019)第080769号

紫阳书
ZIYANG SHU

作　者	陈平军
责任编辑	刘　宇
整体设计	杨　柳
出版发行	陕西新华出版传媒集团 太 白 文 艺 出 版 社
经　销	新华书店
印　刷	西安日报社印务中心
开　本	787mm ×1092mm　1/16
字　数	140千字
印　张	13.25
版　次	2019年11月第1版
印　次	2020年7月第2次印刷
书　号	ISBN 978-7-5513-1625-5
定　价	66.00元

探索·求变·超越

——序陈平军《紫阳书》

◆秦兆基

陈平军先生的散文诗创作，一直在我的视界之内，看着他从《边走边唱》《好好爱我》写到《心语风影》，直到最近寄来的书稿《紫阳书》，前后垂三十年。"三十而立"，是一位作家由摸索逐渐走向自树的阶段。

一

《紫阳书》确实使我看到了在他过往散文诗作中没有呈现过的东西，或者是作为潜质、隐性存在，并未显露出来能为读者感知的因素。这种新变使人欣喜。

诚如本书"内容简介"中所言："作者始终充满尝试和创新的探索，力求不重复自己，无论题材、修辞、结构、手法和风格等，都在不断求变。"请注意两个关键词："探索"和"求变"。探索，意味着进入未知领域；求变，意味着抛弃既成的格局，以新姿态傲视于人。"探索"与"求变"，对于一个艺术创作者来说，是一段艰辛的跋涉，也是心灵和艺术走向成熟过程中不可或缺的一段。如果以"探索"与"求变"为抓手细读文本，就不难领略《紫阳书》的要义和艺术特色之所在，就不难衡估这部散文诗集在陈平军个人创作中的意义。

怎样才能感知和认识《紫阳书》中显示的"探索"精神和"求变"后呈现出的异象呢？

笔者在读《心语风影》后写过一段文字，似乎可作为解读《紫阳书》的参照系。那篇文字是这样写的：

它（指《心语风影》）不像其他的散文诗人那样视界开阔，涉墨成趣，只是默默地打量身边有限的世界：丰饶的陕南紫阳小城，生于斯、长于斯、蛰居于斯，多年的山村白果，在油灯下默默批阅作业、备课的乡村小学教师，朝夕相处的家人，熟稔的乡亲……所有这些，构成了变动不居但幅度又不那么大的乡土社会的情境，亦带着中国中西部特征——聆听到、期盼着现代化的步伐的行近，心想奋进而力有不能，焦躁不安而又转复平静。（《别样的视界和表述》）

《紫阳书》，顾名思义，是在紫阳这方土地上书写的，或者说，是为这方土地上所曾有的和现实存在的一切——山岳、河川、建筑、物产、风俗、观念形态，活着的和已经逝去的人们：家人、亲人、认识的和未必认识的人——而书写的。就这点而言，陈平军已经不再执着于书写生于斯、长于斯的白果村，执着于那所执教过的小学和那个可以视为历史见证的"端坐在白果村底部的石磨"。他从城里自己栖身的泗王庙巷出发，或是进入陈家老院，面对"超越宿命的迁徙"的先人，心生愧意；或是去汉江之滨，品赏错落有致的吊脚楼；或是来到徐家老宅，寻绎它的前世今生；或是与东城门对视，也算得上"相看两不厌"；或是历数瓦房店镇曾有过的会馆群：湖广的、福建的、江南的、浙江的……；或是凭吊沦落异乡不得归去的亡灵；或是为了寻觅育婴堂的遗迹，去泰山庙理出有关愚人溺婴和善人救赎的那段历史；或是去悟真观，拜谒紫阳真人，就是给这方土地带来了华彩名字的那位道士；或是盘桓在大排档、钟鼓湾，在烟烧火燎、划拳痛饮，品尝"三转弯""麻辣串"中，历练世情人生。陈平军的足迹似乎还不止于此，他来到巴水和汉江的合流处，望云起云飞，看两水汇流激起的浪花，登神峰、凤岭，俯瞰紫阳大地，神驰文笔峰，董理自我痴情文学的万般情怀，涉淇水，神接卫国的贤君、淑妃卫武公、许穆夫人，以及沉吟于山旁泽畔的曹丕、王维、李白。

汇总起来，一方面，他从相对闭塞的山村走向灵动的诸水汇集、数省鸡鸣相闻的城市；一方面，他从熟稔的村民、亲人、天真的孩子走向乡民、市民，从他们的行为、话语走向心灵深处。

城镇是"人类社会权利和历史文化所形成的一种最大限度的汇聚体"（刘易斯·芒福德《城市文化》），从城镇入手能更好地观照一方土地文明发展的程度和人们的精神状态。很有意思的是，陈平军在对城市新貌和世态众生相的书写中体现出社会的进步与沉滞。隧道，改善城市的交通条件；快递，便利了商品流通。社会主义核心价值观维系着世道人心，构建了和谐社会。陈平军的散文诗既著录了紫阳这方土地上孝老养亲、助人为乐、敬业奉献、诚实守信、见义勇为的先进人物，留存了普通人的历史，又从一些习见的镜头中写出有些人精神猥琐、素质有待提高的一面。

陈平军的一段下乡工作的经历，既昭示着精准扶贫大趋势下扶贫工作队员的作为和贫困户改变生存状态强烈愿望的一面，又写出了某些农民积久形成的贪心、狡诈、卖弄小聪明的一面。如：子女在城里有豪车豪宅，老人还想再占一点扶贫款的便宜去修老房，比穷、嗑穷，以穷为荣。面对这些现象，作者用笔刺向我们民族集体中的小民意识。这种城市和乡村的沉滞，很容易使人想起鲁迅笔下生活在鲁镇、未庄的阿Q、王胡、小D，尽管一个世纪过去了，文学承担的精神启蒙的使命依然存在。

　　走向历史的那端，不止于行走，在过往的陈迹中怀想，还在于从文献中搜寻。这部散文诗集比《心语风影》走得更远了，从落脚到紫阳的近祖走向江州聚族而居的先祖。"陈氏家族"被大唐僖宗褒奖为义门的家族，陈平军历数了这个家族经历了几个朝代中发生的传奇——人的、动物的，描述了在宋仁宗敕旨下，家族被迫分崩离析的情景，"家谱记"就是这段历史的诗化演绎。笔者设想过在这种呈现中，是不是还可以有更多理性的审视，从社会历史的大背景下，予以深层次的思考。因为"只有从现在的最高力量的立场出发，你才有可能解释过去"（尼采），当代诗人可以而且应该有超越古人"一览众山小"的人文情怀，重释历史，实现诗性和理性的交融。

　　相因、相续、相承的传统与现实，期待着在陈平军的散文诗中会有着泯然无痕的结合，实现意境上更为完美的抵达。

二

　　"探索"与"求变"，不止于题材范围的扩大，立意的新颖，还在于表现方式的求新、求异，也就是"陌生化"的追求。前面提到的作者在修辞、结构、手法和风格方面求变的追求，就属于这个范畴。

首先要提的是结构的求变。结构是艺术家将内在的思绪外化为可感的艺术形象必不可少的一步，是决定作品成败的关键。清代戏曲家李渔在他的理论作品中将结构经营放在最突出的位置，提出"结构第一"。散文诗与戏剧虽有所不同，不必追求戏剧语言的动作性和情节的环环相扣，但因为其体制一般比较短小，必须将诗的凝练和散文的神聚很好地统一起来，扩大作品的容量。散文诗和写意画一样，细部与整体、意笔与工笔要搭配得当，要做到"疏可走马，密不容针"。《从泗王庙巷进出》《瓦房店吊脚楼》，很能显现陈平军结构经营的苦心孤诣，可谓纳须弥于芥子。

"二重唱"也不失为散文诗结构方式的创新，每首散文诗前面有一首诗或者叙述性文字，类似旧体诗词的原作与和作、诗序与诗作的关系。文学作品最好是不要只听作者一个人在叙述或吟唱，这种在散文诗前加上一段他人的诗文的写法，称得上是一种"复调"。

其次要提的是修辞——广而言之曰话语方式的求变。《紫阳书》的笔致似乎放得开了。诗人只有懂得放纵与节制的统一，懂得什么场合该"惜墨如金"，什么场合该"泼墨如云"，才能创作出完美的作品来。陈平军《在白鹤村徐家老宅烤火》中，有着很精彩的文字：

不过一切演绎都会经过黑漆漆的夜晚的过滤，黑黢黢的大烟筒里黑黢黢的火炉坑、黑黢黢的罐大钩，黑黢黢的管家婆、黑黢黢的吹火筒……火炉坑上黑黢黢的腊肉，竹楼下挂着的黑黢黢的大巴山人一生黝黑的时光，最终从大烟筒里化作一股青烟，在石瓦屋顶上飘摇，久久不愿离去。

这段散文诗连用了九个"黑"字，一开始是"黑漆漆"，继而是七个"黑黢黢"，最后是一个"黝黑"。查一下字典，"漆漆""黢黢""黝"都是形容黑的，并无程度上的不同，但经过陈平军的组合就很有意思了。一则黑漆漆，使人联想起漆，一切是夜的涂抹，有象征意味；一则漆与黢韵母分别为"i"和"ü"，前者为齐齿呼，后者为撮口呼，黝韵母为"ou"，属开口呼。试着读一下，你就会从口型的变化中体会出诗的声韵美。

紧接着的一句，似乎更有意思：

这一切都逃不过石板作为判官的眼光，脸色铁青，传递有关生命密码的高深。

惜墨如金，用青石板来见证这六百年老屋的沦沉，铿锵有力。

再次，是手法和风格上的求变。前面所说的选材、立意、建构、修辞，都属于手法范畴，就不再赘言了。是风格，也就是作家艺术个性的最高体现。陈平军的艺术风格是在艺术创作实践中逐渐定型的。他不知疲倦地写紫阳，注意作品的打磨，显现出他个性中的执拗；探索和求变显现出他的艺术勇气和创新精神。乡土气和不肯止步，是陈平军诗作气质中最可珍贵的吧。

三

"探索"和"求变"，大致有两种范型，一种是"破茧化蝶"，例如白石老人的衰年变法，在画家晚年的时候，用自己的实际行动，挑战了当时绘画界的主流风气；一种是"守正出新"，一点一滴地改变。但不管哪一种范型，都在于积累、历练，都在于艺术继承上的努力。齐白石诗云："我欲九原为走狗，三家门下转轮来。"表示对前辈艺术大师徐渭、八大山人和吴昌硕的虔诚、崇敬和孜孜不倦的学习之心。

"守正出新"，积久变化，到了临界点，就会有质的变化，就会"破茧化蝶"。年轻的陈平军正以自己不倦的努力，实现着这种精神超越和艺术超越，《紫阳书》就是着力的一步。

谨以此作为书序。

2018年12月6日，于苏州。

秦兆基，1932年生，江苏镇江人，现居苏州。中外散文诗学会副主席、中国散文诗研究中心学术顾问。出版散文诗集《揉碎江南烟水》等，评论集《散文诗写作》《永远的询探》《诗的言说》等，散文集《错失沧海》《苏州记忆》《红楼流韵》等。

目　录 CONTENTS

紫阳书

二重唱

望他乡

家谱记

附录

紫阳书

一撇用碧绿而鲜嫩的茶叶装点用旧的山川，一捺用跳跃的紫阳民歌舞动任河的内心。

所有的笔顺起始于对万物苍生的虔诚，对山下踽踽前行的背影的敬畏。

所有酝酿于腹中起始的句子是这篇文章的重点，其余的结构都交给跋涉的脚步，剩下的词语都交给汗水与辛酸去表达，或者交给隔岸明暗不定的万家灯火去修饰、打磨。

车过紫阳隧道

长鸣争先恐后地挤出车窗，一不小心就滑落山谷。超负荷的思恋奋不顾身地与车轮赛跑，终究还是输给了时间。

与我纠缠不清的只有坚定的脚步，粗犷的号子，纤道上飘扬的空谷足音。

汉水安静了下来，在追忆这久违的纤夫号子。曾经在陡峭的大巴山回荡了五百多年的号子，如今依然在，那永不消失的韵律背负沉重的纤绳，去牵引丢失的梦想。

顺流放船，溯水拉纤。

货物运入小镇，物产经汉江由纤绳逆水拉出，希望、理想与现实的交会点就是隐藏在巴山深处的瓦房店古镇。

瓦房店，连接着湘渝的北蜀道，也连接着世事的凶险。

山势险峻，天然屏障，气候温暖，资源丰富，废弃的土地也是苦海中的孤岛。

五百年时光流转，"填巴山"的流民沿着可怕的险道，对山而歌、对水而吟，用生命，唱出独属于大巴山的"吼山腔""甩山调"。

千里巴山，明廷禁山，清初开禁；一禁一开之间，失地、战乱、瘟疫。不堪忍受赋税苛政和不甘受清廷奴役的血性汉子，被

时光的车轮裹进"填巴山"的移民潮。

插杆为界，随手指点的都是每一个雄心壮志的理想疆域。流民递钱数串，即可租种数沟、数岭；再后来就有雇工把生计或汗水洒满山岭……

伐木支椽，上覆茅草，结棚栖身。渴了，饮山涧溪水；饿了，食阳雀花根、无娘藤。"板屋几土著，结棚满山梁。……远从楚黔蜀，来垦老林荒"，"无土不垦，无门不辟"，在崇山峻岭、沟壑纵横的大巴山里打开创业的画卷……

迁徙、碰撞与交融中谱写的辉煌，"填巴山""填四川"是有关梦想中最悲壮、最精彩的乐章。

前赴后继，驻停，沿汉水溯流而上，"烟波江上"的浓浓愁思，何处是飘摇的根系？与瓦房店擦肩，与时光的隧道穿越，再经任河的十三条溪水遁入大巴山。

"日暮乡关何处是"，巴山老林是我家。

从泗王庙巷进出

这是我每日必须的功课，早晚各一，中午两进两出，脚步时缓时疾，这要看心情，或者天气的差异。一般都是不紧不慢，当然也有时健步如飞，偶尔坐一次出租车，不过很少。

通常情况下，我都会与扫街大爷不堪入耳的叫骂声相遇。大爷骂那些随手扔垃圾的人，声嘶力竭。不过那早已爬上半山腰的泗王庙可不管这些，依然以漠视的眼光注视着司空见惯的场景，好像与它无关。也是，本来要与汉江相守的神灵，如今却要远离自己的地盘，也许有些水土不服，怎能心甘？

巷口的商店早已退居二线，隐居在右边一个稍许偏僻的角落。左边那间宽敞一点的门面已被一家不知名的快递公司占领。那些稀奇古怪的标签睁着阴阳怪气的眼，嘲笑售货员蒙眬的睡眼，这多少有些幸灾乐祸的成分在里面。

这还不算，它还看我每日手提残破的塑料袋，装着看似肥硕而好看的反季节蔬菜，喘着粗气，见证我的器官日渐损坏，脚步迟缓，迎接我的只是那疾驰而过的装载满箱货物的货车屁股后面的一缕白烟。它，就像一个胜利者那么猖狂。

我偶尔会和到巷口的那家麻将馆打麻将的大爷、大妈不期而遇，有时会和气急败坏的臭手气纠缠不清；有时还好，会和满面

春风的得意撞个满怀。

　　最近这种情况少了许多，不过我又与专注于手机麻将、扫雷、玩红包游戏的低头族如影随形，全然不顾意外与痴迷从来就是孪生姐弟。也是，时间就是金钱。谁不会抓住一切可以抓住的机会大捞一笔？谁还有时间光顾饥饿感十足的银行，或者坐在冰冷的桌子前等待久久不来的那个人？

　　每个人都有自己或快或慢的理由，从不在意我匆匆的脚步，更不会有人在意我的输赢。

大排档

麻辣串，烧烤，砂锅，炒菜。

睁着迷茫的饥饿，寻找被蚕食的目标，这像是语文教科书里的倒装句，永远等着欲望的侵略。

与其说这些沸腾而跳跃的植物或者动物，在温度不一的器皿中翻滚、搏斗，只是为了寻求马路上可以下手的目标，不如说它们在寻找面额不等的钞票来认领它们。

路径，需要一年、一天或者一小时的徒步行走；或者一个信息，一个微信，一个电话，"我在农机大酒店，你快来！""山城"。

油烟、热气、酒香立马完成大穿越，到达胃部，完成友情集结。

竹扦串起的不堪过往，在热火朝天的温度里逐渐升温，也有可能成为一滴面颊正中的珍珠，无论哪一面都是岁月不变的色泽。

扎啤，歪嘴，二锅头，可乐。

在不同形状、不同规格的状态下都能找到发酵的理由，这取决于酒杯对面面庞欢愉的成色深浅。

感情深一口闷，肝胆相照、两肋插刀、水乳交融，成为友情的润滑剂；酒精纯度、喝下去的刻度与感情的浓度等同吗？

酒杯斟满的无边夜色，把若隐若现的激情重新提起，翻滚

的波涛与时光的厚度争奇斗艳，它会不会成为停在杯口的那一声叹息！

夜色逐步起身，打着饱嗝，出门，那趔趄的脚步与正在步入门店的饥饿灯光撞了个满怀。

登文笔山

一峰高耸直入天际，如植笔然。

高不过我头顶的思想。

不用怀疑，我的双脚就是山高人为峰的两支笔。

一撇用碧绿而鲜嫩的茶叶装点用旧的山川，一捺用跳跃的紫阳民歌舞动任河的内心。

所有的笔顺起始于对万物苍生的虔诚，对山下踽踽前行的背影的敬畏。

所有酝酿于腹中起始的句子是这篇文章的重点，其余的结构都交给跋涉的脚步，剩下的词语都交给汗水与辛酸去表达，或者交给隔岸明暗不定的万家灯火去修饰、打磨。

所以我要慎重下笔，脚踏实地，不至于使笔锋远离尘土、草木，意念飘忽，让字里行间最大可能地呈现烟火味。

为了完美呈现五百年的宽广的内涵，我可以把谦逊依附在正待葱郁的茶叶背面，把标点标注在茶树的根部，让变幻莫测的句式与翻飞的采茶的纤纤玉手赛跑。

文采可以质朴些，不必过于华丽、张扬，可以借鉴《悟真篇》的精髓，适当融会、贯通。如此，方能不辜负真人的潜心修炼。

意蕴可以流畅些，但不能信马由缰，可以引用紫阳民歌，山

歌、号子、小调都能入诗，只要不远离朴素而拼搏的内心，都是好文章。

丁酉早春：拜谒陈家院子

乾隆三十三年（1768），文彬公来到汝河，来到磨沟。

有人说他是个书生，可他骨子里依然是个农民。

眼神迷离，脚步时而迟缓，时而坚定。山林沟壑间，深深浅浅的印记，俨然是为这个封建王朝的集权统治留下的眉批。

超越宿命的迁徙，此生注定要把他乡当故乡，故乡成他乡。

落地生根，山林与沟壑，俨然成为一块用子孙后代作为精神支柱的创业的画布，轻描淡写，或者浓墨重彩，都是生命的轨迹。

随意播下的种子，在野草遍布的土地上摇摇晃晃多少年，被舒缓的山风轻轻一吹，就呈放射状，长满了小目连沟、寨沟、月池沟的山山峁峁。

值得一提的是，一个名曰丹墀的后生，把义门精髓传承，为黎民远走三晋，为寿阳、和顺两县苍生谋福祉，为侍奉年迈而体弱多病的双亲，放弃一片光明的仕途，毅然辞官，义无反顾，眼神里没有一点犹豫，没有一丝不舍。

早春时节，在这个还有些凉意的春光里，这些依然鲜活的细节，躺在家谱里生动得令人赞叹的故事，与只剩下残垣断壁的烽火墙上壁画局部里的人物表情相互媲美，相互辉映，这让卑微的

我多少有些自惭形秽。

可是，我不羞愧，我是这个院子的后代。

瓦房店吊脚楼

房檐相连，雨水相连，欢笑与忧愁更是密不可分。

脚步接踵，生计相关，意向与叫卖本来相辅相成。

窄得只剩下一丝慵懒的阳光。

陡得更加可怕。实际上，人生从来没有平坦的一亩三分地，傍水一侧的家只能奋力趴在河堤上，一半扎根石基，一半飘在风中。

悬空，呈飞翔状。

细长的竹竿或木脚能支撑生计的重量吗？远眺，一个个负重的汉子背着背篓，背着一家人的柴米油盐，凝固了流民爬出苦海的瞬间。

贴着大房，木条、绳索挑出一间小屋，别出心裁的露台。楼板的缝隙间可以窥见吊脚楼的长腿插在河滩里，水流湍急、波光闪烁。疾风吹过，露台像鸟巢一般吱吱晃动，会不会一个意外跌落于在河行舟的船夫头顶？

以木板做门脸，早下晚上，便成住房。木板已成进退自如的跳板，洪水来时，拆下泄洪；洪水退后，安上木板，重新开张。

淳朴的乡人，在原始与洪荒的缝隙里寻求生存的空间，然而，留给他们温馨的时光能有多少？

商铺纷然杂陈，人流络绎不绝，喧嚣表象的背后堆积着一个
个悲怆的故事……

与春茶谈一场旷日持久的恋爱

我还没有做好苍翠的准备，你就急切地绿了。

一切有关春心萌动的羞涩，迫不及待地绿了。

蓄谋已久的邀约早已凝结于心尖。

等我来轻轻拂去含羞的灰尘，等我长堤泄洪般的泪水冲破禁锢已久的防线。

所有有关寻找的情愫，都毫无顾忌地长出了飞翔的翅膀，不可思议的是，单纯的内心已经全然接纳了有关含羞的表达。

背篓外的青山、绿水和白云，都在充当看客的角色，我知道这并不多余。

你需要一个变幻莫测的夜晚，在相思的深度里蓄满雨水、眼泪，当然还有让你消瘦得哀怨渐深的夜色。

长一声、短一声的喜鹊鸣叫，把遍布山野的绿云搅乱得毫无头绪，没有一点章法，像极了纷纷坠落的毛尖。

心思各异。

从各个角度迅捷地占领我的山头。

在白鹤村徐家老宅烤火

六百年，完成一座宅院的建造，其间还要避免意外的侵袭。

行走的木屋，也完成了躲避一切灾难的站立。

油坊、碓坊、纸坊、廊桥，均已成为谋生的过往。

随意挖掘的火炉闪烁着无数看似无关，实际却紧密相连的家长里短。骨气充盈的竹楼时刻为心事通风，所以，有关阖家团聚的温馨从不会受潮。

当然还有各种爱情、亲情、乡情的接力，也要用柴火的温度来检验不同版本故事的正确性。

几生悟来的只有一句，一切善念才是坚不可摧的堡垒，才能抵抗不可预知的世事凶险的检阅。

不过一切演绎都会经过黑漆漆的夜晚的过滤，黑黢黢的大烟筒里黑黢黢的火炉坑、黑黢黢的罐大钩、黑黢黢的管家婆、黑黢黢的吹火筒……火炉坑上黑黢黢的腊肉，竹楼下挂着的黑黢黢的大巴山人一生黝黑的时光，最终从大烟筒里化作一股青烟，在石瓦屋顶上飘摇，久久不愿离去。

这一切都逃不过石板作为判官的眼光，脸色铁青，传递有关生命密码的高深。

在北五省会馆看戏

天色逐渐暗淡，戏的细节不会淡化。

不论河北、河南、山西、山东，还是本土故事的主题，都姿态各异地坐落在瓦房沟的山嘴上。

坐北朝南。

依山势而精心构造。

故事情节一定沿南北中轴线分布，各种方言依次穿越戏楼、观戏楼、钟鼓楼、过殿、大殿，形成三进三出递进式波澜。

意蕴、尾音，可以浓墨重彩，可以轻描淡写，适当用点工笔。

人物面部表情饱满一丝、体态丰腴三分、服饰如草木般繁杂五成都是可以的，错落有致，不可无序，传承一点晚唐甜腻遗风也未尝不可。

这样就不会输给站在对门墙壁上的桃园三结义、二十四孝、神话故事与花鸟山水的古旧传统成分和神秘色彩。

静心于自己的舞台。

用心歌唱。

任何人生色调都不会受潮。

再陈旧的故事也会常唱常新。

在东城门驻足

实际上，我的停留与你的风餐露宿没有多大的关联。

早春的微风，在七弯八拐的砖缝里自由出入。

听不清他在说些什么。真的，他早已口齿不清，说不出有关自己的一切过往。

这与坚强的爷爷苍白的晚年多少有些相似。黑底红字的布告，字体依然那么端庄，这是唯一可以告慰乡亲的暖色调。真的，其他，实在没有什么可说的。村姑进城的脚步依然那么匆匆，甚至都舍不得多花一秒钟看一眼解放军书写布告的字体是否端正，有没有错字、掉字。

她只关心，今天的蔬菜能否卖个好价钱。

唯一能在此刻让人有点触动的是，坎儿下做早点的师傅在炸油糕，那飘飘扬扬的油烟和断断续续钻过城门的香气，还在霸道地勾起我垂涎欲滴的口水。

他能填饱多少饥饿的肠胃？

这让我多少有些手足无措，也分辨不清，城楼上，谁在这里挥舞过双手，做过什么令人激动不已的夸张的手势？

只有逐渐温暖的几许阳光抚摸着斑驳的墙体，和我探寻的目光融为一体。

在任河岸边读瓦房店会馆

这么多流民，在任河岸边，抱团取暖。

一平方公里的河滩，二十座同乡会馆，二十八家总商号。

不惜重金，不惧艰难从家乡运来的部件，是为了搭建另一个家乡？

风格各异，互相借鉴，异中有同。

山门、大殿、夹楼、戏楼、看楼、碑亭、钟鼓楼、春秋阁，哪一部分才是家乡的代言人？每石生情，每瓦有意；乡音相聚，方言是否能找到温暖的鸟巢？

各路乡情、各路神灵，要从何种路径才能实现真正意义上的返乡？走水路，任河、汉江、渚河，抑或抬脚上坡，翻山越岭，穿越云层？

如果累了，还是在瓦房店借宿吧。

湖广会馆的禹王，你在禹王宫先打个盹；福建会馆的妈祖，你在天后宫和衣而眠算了；江南会馆的准提，你可以在准提庵盘腿打坐；浙江会馆的列位神圣，你们就在列圣宫列队站立，相互取暖，条件有限多包涵啊。

睡之前，先商量一下如何救治生病的湖北贺老板，谁去请郎中，怎么筹措看病的银子。刚刚抱病而去的福建徐老板，也要尽

快入棺，他还欠别人的货款呢！家里还有八十岁老母，也是个问题，要不都凑一点吧，帮他家人暂时渡过难关。江南邓老先生的灵柩放了一年了，腐蚀的气味在每一个充满乡情的毛细血管里乱窜，别嫌阴气太重，用兽头牌或者八卦镜抵御一下。

正事办完，再听几折路数完全不同的地方戏曲，回味一下不同的人生，再找一下彼此的共同点。

如果我说得没错，你们唯一的交集就是在一个不知道具体日期而略微有些倦怠的夜晚，在瓦房店会馆歇息过。

在泰山庙寻找育婴堂

在瓦房店，要找育婴堂必须先找到泰山庙，凡事必有因果，这是史书的蛛丝马迹告诉我的。

泰山庙不是庙，别名众神会、万神殿，不仅供奉观音，还有泰山老爷、泗王爷，是会馆的馆中之馆，这是瓦房店的老人告诉我的。

集善。调解纷争，不只息争，慈善、聚会、看戏等均属这座集会场所所能容纳的东西，所有善念都能在这里找到安身之所，这是断断续续、残缺不全的碑文告诉我的。

庙，哪里去了？只有几棵古树葱郁着已万山绿遍的山野，和谐之声已如大树扎根心底，要庙何用？"九合诸侯，如乐之和，无所不谐，请与子乐之……"这是瓦房小学学生琅琅的诵读声告诉我的。

育婴堂何在？山民不堪繁重的嫁妆之苦，弃溺女婴成风，泰山庙以关切之风兴建育婴堂，收养弃婴，培养戏子，让汉调二黄之声久久萦绕于会馆，这是嘤嘤不灭的啜泣声告诉我的。

"想当年楚江声远，万古神功昭日月……"这巴地的楚韵绝唱，在青楼，在戏台上轮番萦绕。飘忽的身影，身不由己地出没于大户人家的深深庭院，与瓦房店的繁华一样幻生幻灭，扑朔迷离。

　　育婴堂已坍塌，舞台尚在，你方唱罢我登场。一曲绵延，一戏间歇，无名无姓，如山野花瓣落地融入泥土，魂与魄在戏台久久回荡……

　　这些凄苦的不绝之声，余音绕梁。你一生的倾情演绎，在旧时的风声中凄美。这，是你哀怨的眼神告诉我的。

　　而我，未曾等一曲终了，一戏落幕，已是泪流满面。

在悟真观读《悟真篇》

不需要刻意虔诚，不必小心翼翼叩开宋代的门扉，仙风道骨自然在山脚打盹。

瓮儿山脚茅舍正在审视一串脚印的前世今生，经历了脱胎换骨，顺便梳理一下失意的韵脚。

如果还有闲情逸致，还可以检验一番岭南荔枝的成色。

一梦千年，偶尔一睁眼，就看见了俗不可耐的自己。

目光如炬，道貌、岸然半分，像是要寻找我脚步匆忙的答案。

别这样阴阳怪气、不怀好意，我满是污垢的汗水一样也会凝结为成色十足的仙丹，一样也会拯救误入歧途的凡夫俗子。

阳光不加掩饰地表达着对毛孔的侵略，尖锐得那么彻底，让脚趾一直无语。

注定无法深入变幻莫测的语法，也就不能轻易地在文字表面找到你内心深处的密码。

三个自然段，失去了相互照应的勇气，对苍生的耐心苍白得逐渐忘却了炼制长生不老丹的程序，你恰好忽略的就是你一生最重要的环节。

这让炼丹炉多少有些幸灾乐祸，在离我五米的地方，任由不远万里来找你寻找长寿秘方的信徒从你不小心虚掩的后门自

由进出。

这与你折巴蜀，转徙秦陇，事于河东的从容身影大相径庭，道教、禅宗、儒教杂乱无章地打坐于汉之阴，山中日月耷拉着无解的面容，始终无法解释你九九归一的谶语。

在鸳鸯水边看一只鸟飞过

一支响箭拎着我所有的猜想，划过令人想入非非的湖面，让我来不及安放我的心怀鬼胎。

一只漏洞百出的竹篮收拢的是随时有可能四散逃窜的春心荡漾。

一切或许都已经太迟，春光还没来得及初现，就以迅雷不及掩耳之势，跨过季节的门槛，躲在水波里打起了盹。

理想与现实交会的一刹那，犹如偷情的鸟儿被一声惊雷吓得魂飞魄散。而残留在嘴边的香吻，还在清澈与混浊拼命厮杀的现场跳舞。

惊慌失措的表情对于漫不经心的看客来说，就好似一个苍白可怕的笑话。

不规则的脚步好似汉水或者任河布下的棋局，无论先迈哪只脚，都会陷入一对矫健的翅膀所布下的迷局或者温柔的陷阱。

在钟鼓湾吃三转弯

钟声先敲，还是鼓声先绵延？

顺着冰冷的铁轨深入岁月的味觉。

尊贵首先落座，然后是礼让三先，谦逊依次入围。

土著或者能温暖肠胃的首先登场，氛围和气场可以精心选择，食材和器皿可以适度搭配，出场顺序不能混乱。也就是说，在保证填饱肚子的前提下，不能乱了分寸，失去长幼尊卑。

先来个开花酥吧，这样不至于被热情迷倒，被开心过早地灌醉，能让拘束和尴尬全都躲在酒精后面，沦为看客。

必须喝个门杯酒，开始第一转，不管他三荤三素，还是四荤四素，都要细细品咂早已等待多时的冷却的激情，不要撤去那压席的碟子。面对主人的热情，你怎能让矛盾与冲突在谈笑风生中露出龇牙的苗头。

千万别迷失你味觉的旅程。第二转，早已为你准备了十八般武艺，炒、卤、烧、蒸无所不用其极。水中游、陆上走、空中飞，均在一方八仙桌上共同舞蹈。不要辜负一切生灵的敬意，打通关、猜拳行令，一心敬、两个好、六六顺，把祝愿都溶在酒精里，让它发酵，一定会开出理想的花朵。

酒过三巡，可以把一切不如意当作下饭菜，当然，吃饭之前，千万不能忘了喝一杯团圆酒，让幸福和快乐都在这里团聚。

千万不要酒足饭饱之后就逃离最后的祈愿，还需要围坐于青铜火锅旁边，把一些青绿的希望涮洗，把烦闷解除，再为各自即将归位的生活添柴加火，把日渐红旺的日子烧得旺一些，再旺一些。

紫阳石板房

方位：紫阳西南，裸露的寒武纪石层。

时间：五亿年。

姿势：倾斜四十五度或者更多。

最大可能伸出地面，竭力写出记载寒武纪生物大爆发的书，码放成连绵起伏的大山。

以黑青为主，偶尔灰、黄、绿，铺在故乡头顶，做鱼鳞状。

可以过滤山雨中的残渣，可以收集阳光中纯粹的金黄，暂且不管建院筑馆的匆匆步伐，放任这些瓦片融汇众家精粹，博采本地之长，形成独特的风格。

因为，这些坚硬的石头，乡村的骨骼，无论世事如何演变，都会保持刚强的风骨。

至死不渝。

实际的情形，它根本不会死，最多，留下几滴幸福抑或伤心的眼泪，汇入血液或者殷红的河流。

在焕古，探寻一个传说的转折

要转几道弯，才能打入一个小女子的传说的内部，探索一个故事的曲折？

如果按照常理，这样一个知书识礼的官宦人家的小女子，一定会按照媒妁之言找一个门当户对的如意郎君嫁了，过着相夫教子的平常日子。

故事的第一个转折，来自家庭的变故，无妄之灾，不白之冤，阻断了一个温润的女子对爱情最初的向往。

所以，颠沛流离，流离失所，至葡萄渡，"渡之西岸悬崖间，古木成丛，乌鸦无数栖之，司更唱晚，朝去暮来，岁以为常"。葡萄渡后唤作乌鸦渡，那是之后与女子命运无关的更替。

地名的改变本身就是一种昭示？

成群的乌鸦能否渡一个弱女子到达幸福的彼岸？

也许只有慈恩寺的钟声，佛经的光辉，柔和的油灯，才能提供问题的答案。

第二个转折就是在这样青灯黄卷中的淡泊时光中相遇的。

在神明指引下，女子得仙茶之小苗，精心栽培，专习制茶之功夫。茶，提神醒脑，醒脾开胃，味香清雅，乡邻感激其植茶余泽乡里，尊她为宦姑。

接下来的事情转折才是实质，一切都变得顺理成章，茶之气味传至京城，她被皇上召见。皇上惊叹仙茶之香清雅幽远，形态曼妙，乃御封为"凤凰茶"，广为培植，以贡朝廷。其父终得以沉冤昭雪，宦姑后羽化成仙，乡民们将葡萄渡更名为宦姑滩，以资纪念，这是后话。

后面的情节也有多次转折，但是，与这个弱女子的命运细节比较起来要逊色许多。青砖外墙，朱漆门窗，雕花实木走廊，古朴檐柱，飘飞的茶幡都和悠悠的慢时光停留在深深的小巷里。

波澜不惊。

而现在，我徘徊在清丽的街头，看到的都是绿水逶迤，浴碧涵苍，峰峦列屏，茶山叠翠，山水相映，水天一色，渔舟泛歌。这些鲜活的词语，都成了焕古在茶香中随意转换的标签。

与贫困决战

所有贫瘠的土地一定会有可以滋润的养分，所有生活的残缺必定会有补偿的方式，只要不摒弃希望，瓦砾间也会长出娇艳的山花。

每一个角落都不会永远被遗忘，公共的阳光会普照至每一个子民内心阴暗的地方，济世为怀的博爱不会让枯萎的日子腐烂成泥土。

济危扶困，不再是老生常谈的口头禅，而是掷地有声的庄严承诺。

扶贫，已然成为为民谋福祉的使命。脱贫政策，是使乡村重换新颜的密码；脱贫故事，必定会是宽广乡村的感人情节。

啃下贫中之贫、困中之困、难中之难的硬骨头，是理所当然的仁政之举，是改革红利的充分释放。

坚定实干巧干的意志，挽起裤腿向前冲的大无畏，向贫困的堡垒发起猛攻。伴随激烈的鼓点、激越的冲锋号的旋律，大踏步向前。

创新扶贫方式，拿出脱贫实招，扶贫脱贫决心壮志凌云。

向一切愚昧与落后宣战，把脉精准，措施有力，把长势不佳的小苗扶正，为萎缩的枝叶输入营养，为蒙上灰尘的心田注入清

泉，把心灵的污垢擦掉。

阳光、雨露，鲜花、草木，定会辉映乡村鲜活的面庞。

下雨天，与贫困户谈心

老乡，我想在这个农忙的空隙和你说几句知心话，暂且忘记生活的艰辛，忘记汗水的成色，还有收获的缺失。

无可避免的困局，是一切意外的结合体，但是，这不是全部。

你不能把一切都怪罪于生活的不公，不能把一切不如意都当成是生活对你的报复。面对困境的侵袭你不能退缩，不能让客观把你打败。

你只有坚强站立，扼腕不叹息，跺脚不停息，才能完成与贫困决裂的华丽转身。

生活本身就是一个弹簧，你不能让一切困厄把你压迫，你要强势反弹，才有可能摆脱它对你的压制。

不要羡慕别人的车水马龙、灯红酒绿，不要哀叹自己的缺衣少食、广种薄收。

不要止步不前，要动起来，别等，别靠，别要。不要等待阳光照进来，要走出家门，去拥抱阳光。

把希望种进泥土，用汗水浇灌，用心思施肥，秋后一定会有硕果盈枝。

所以，不要踌躇，要做自己的救世主。只要扎根泥土，挺直了腰杆，你将无坚不摧，何况贫困乎？

与扶贫队员书

兄弟，咱们要并肩作战，把责任举过头顶，将百姓装在心中，把名利踩在脚下，找出扶贫的平衡点；把脱贫像石头一样稳定地放置于土地的中央，把阳光雨露聚焦在百姓的心田，找到医治贫困的方式，寻找深入内因的路径，抵达初心。

把心态放平和，别"打错靶""跑了题""打擦边球"，要因户施策，去"雪中送炭"，不看别人的脸色，不为人情世故"锦上添花"。

别躺在表格、数字里睡觉，要用脚步去丈量人心的长度，用真心唤醒麻木，让和煦的春风吹进村民干涸的心田，让政策、项目如山间泉水流进每一寸需要滋润的土地。

要教育纯朴的老乡脱离唐僧肉的诱惑，别让扶贫成为村民嗟来之食，都想分一杯羹；别让向上伸手成为固定动作；别让怨天尤人成为乡民脸上常挂的表情。

除了这些，还需要完成对洋芋、玉米的亲切接触和深情拥抱，为落后与贫困开刀解剖，查找"软骨散""红眼病""依赖症"的真正病因，为病变的部位动手术，让生病的机体康复起来。

当然，要完成这台复杂的手术，需要和煦的灯光、齐全的设备、合适的平台，还要有精湛的技术，心无旁骛的专一。

如果缺人手，我，也来。

在三塘村开贫困户数据清洗会

阳光悠闲地钻进有些斑点的玻璃窗，折射在布满水渍的脸上，余光反射在没来得及洗干净的胳膊上。耷拉在半山腰的衣袖、裤管扇动着有些微凉的阴风，布满沟壑的脸颊从各个角度反馈贫困的根源。

这，被横七竖八的踊跃暴露无遗。

张大娘：我们老两口住在山顶上破败的老房子里，土墙摇摇欲坠，已成危房，没有经济来源，两儿一女各自立户，不管我们了，我们是贫困户，请政府考虑。

（大儿子在县里当局长，小儿子在镇上教书，女儿在省城居住。）

李大爷：我儿子在外承包工程，去年亏本几十万，没有能力管我，我应该是贫困户。

（李老板风光着呢，出门小轿车，住着小洋楼，管着三个包工队。）

钟大哥：去年，我家建了三间三层住房，带装修欠下二十多万呢。儿子在省城公司干十几年了没挣上钱，我应该是贫困户。

（小钟是副经理，儿媳是公司文员，月薪五万。）

吴老汉：这两年，扶贫队就给我发了三十只鸡子、两头猪崽。

五亩茶园的茶叶也没卖上多少钱，这就算脱贫了？我认为我应该继续享受贫困户的政策与待遇。

（老人家还有三头耕牛、二十只羊待出售呢。）

徐大伯：要说贫困，大家都没有我贫困，一家人身体都不好，没有任何经济来源，干不了重活。

（好吃懒做，整天打牌喝酒，搬弄是非，无所事事，大家心知肚明。）

这个下午，注定不平静。"我比他还穷呢，凭啥他是贫困户，我不是呢？"失落不甘；"嘿嘿，我终于把贫困户争到手了！"一脸得意。

谁能解释这姿势各异，伴随炊烟飘摇在各色屋顶长短不一的疑问？

寒月夜，想起一棵漆树一滴多年前的眼泪

一

这样的夜晚，适合怀念，适合怀想。

据说，今晚的月色，今晚的夜色，多年之后，一定会变成成色十足的古董，变成一不小心摔碎的陶片，在时光里凝结悲情的泪滴。

半杯惊悚的目光，早已成为无法释怀的老家具，越擦拭，光泽越闪亮。

我对时光不过敏，只对你难以忘怀。

所以，沿着时光边缘，在并不常见的月色、夜色里，把你渐次剥开。

瓦砾间，泥土不多，水土、养分稍显吝啬。

消瘦的树冠绕过轻蔑的雨水，绕过藤蔓的纠缠，以黑黝黝的厚脸皮，还有许多蓄势待发的卧薪尝胆的心酸，凝结在厚实的表情里。

你永远不知道，一道怎样锋利的刀口，才能把老谋深算的心事剥开；力度与手势如何与伤心的往事打结，才会渗出苍白的泪珠？

你永远不知道，乳白色的浓浓汁液，浓烈到何种程度，才能咬人，使人伤心于无形？

大滴大滴的泪滴从伤口边缘渗出伤心欲绝的表情，这与多年不见的月色多么相似，是被时光抽打得难以忍受了吗？终究没能忍住疼痛溢出了泪水，还是像今夜突然遇到伤心往事的我一样泪盈满眶？

这种哭声，就像慢慢打开的月色，铺满庭院，却是一种很愚钝的流泪方式。

二

撕心，裂肺，犹如这薄凉的月色缓缓打开受伤的心灵。

缓慢而沉重的手势和切开诚实的面部的手势如出一辙，甚至就是，本来就是。

眼泪缓缓流出，寒意何时退去？原本蕴藏热烈激情的出口，何时喊出锥心的疼痛？

漆树一旦遇到伤害，无法喊出声音，最后的挣扎只能用自己的本能做着力所能及的弥补。在眼泪渗出的那一瞬间，漆树皮迅速做出选择，积聚力量开始修复割裂的皮肤。

而割开伤口的人拿出贪心的大桶，让悲伤慢慢地流到虚荣里，割了一刀又一刀，直到虚伪无处安放才罢休。

失去养分的叶子，只能耷拉着脑袋，像在抗议着什么。

遍身刀伤从树根开始一直延伸到无处可呐喊的天空。

伤痕在阳光的暴晒下显得更加手足无措。

难道是由于你的眼泪本身有使人们皮肤肿胀的残缺，就要承受这些磨难？

可是，你这惨白的眼泪经过加工，就可以用最纯的悲情涂抹家具。不添加幸福成分，美其名曰土漆、生漆。家具油光可鉴之时，悲伤不会褪色，持久时间很长，家具表面还可以耐岁月的煅烤。

可内心不会。

漆树的眼泪映射在家具上，成为家具的眼睛。这绝不是悲伤的出口。

悲伤被提取之后，会在家具的表面重生。泛着晶莹光泽的家具手感滑溜，有种被打磨后的感觉。

三

人，用一种植物的泪水擦拭另一种植物的悲伤，到底是谁的悲伤？

一棵棵流干了眼泪的漆树为获得新生，在伤痕处结出很厚的痂，浓浓的树冠枝繁叶茂，高涨对生命的渴望。

抚摸着伤痕，想象着漆树如何在割伤后努力生存下来的艰难姿势，那是置之死地而后生。可是漆树在皮肤被割破后还能在泪光中生存下来，漆树对割破皮肤这件事没有选择的余地，人们对漆树做出了选择，而漆树只能接受命运。

眼泪这种对抗命运的武器，是在自身受到伤害时自然而然弹出的一种光芒。假如生物都无动于衷，任由刀锋切割，那生物共同体何时呈现温柔之光？

植物的眼泪，不是哭泣后的残余物，应该是新生命的一种改弦易辙，或者洗心革面式的变换主张？

街头即景

一个背背篓的老伯。

一辆缓缓驶过的公交车。

同时驶过县医院门口。

老伯不合时宜地喘着粗气，身上有些汗味，与相向而来傲慢的二路公交车对视了一下。

互相没有理睬，就毫无表情地各奔东西。

老伯用漫天搜索的余光有意无意地瞄了一眼快速穿过医院走廊的悠长的脚步声或者呻吟声，他心里微微颤动了一下，也许两下。

不知道是不是空气中的疼痛偷走了他汗水的成色，或者闪耀泪光的几张毛票的光泽。

也许，是慢慢悠悠，在街道上蠕动的公交车的喘息，把赶路的老牛那长长的一声叹息逐渐淹没。

这让老伯的脚步愈加沉重。

空荡荡的背篓使出浑身解数也没能搂住在城市里四散逃窜的一声牛哞或者蛙鸣，就连篾条上残留的泥巴也沾上了一缕不可名状的香水味。

这让还想保留一丝乡村骨气的许多张大口白白地张了半天，始终无法出声。

奶奶，让我们在清明的老家会合

这个节气，适合怀念，适合想起你，这是你所不知道的有关清明的弦外之音。

我承认，这个不那么特别的日子很是平庸，不会专门为你在家炒几个菜，温一壶酒，敞开大门，喊你回家吃顿丰盛的晚餐；不会叫你和我们一起讨论今年的收成，也不会让你教我们如何处理有关迎来送往的一些细节；更不会向你请教有关日子如何温馨的秘诀。

四十年了，一切也许都已淡忘。惨淡的月光下，你中意的孙媳妇的不二人选，村口那家长得还比较标致的姑娘早已远嫁他乡，已为他人妇。她早已人老珠黄，逝去了青春的影子，已不再是你心中最初的小芳。

四十年了，在村口进进出出、歪歪斜斜的脚印，和你三寸金莲般的脚步，相互交错，在泥泞不堪的小路上弹奏着乡村的交响曲。早已分不清谁是谁，谁是谁的谁。当年那个意气风发的少年早已步入中年，娶妻生子，过着庸常人的日子，没有多少财富，只有长短不一的诗句，丈量着无法释怀的光阴。

四十年了，甚至作为你最钟爱的大孙子，都没有抽时间好好在你日渐低矮的长满苦艾的小屋外，做一次短暂的停留，或者哪

怕一分钟的徘徊，与你门前的石头做一次目光所及的交流。

太忙、迫于生计，都是苍白无力的借口，懒惰才是最真实的岁月独白，这与你的勤快形成多么大的反差。世间最残酷的是付出和得到不成正比。虽然，我知道你不会在乎这些，这也就越发让我的内心无法平静，就像四十年前风雨兼程的离别后的各奔前程，那些心酸而惭愧的过往。

所以，奶奶，模糊而又清晰的女神，你就安详地躺在老家那个风雪交加的夜晚，躺在昏暗的煤油灯下，等我归来。守着忽明忽暗的火塘，为我的归来再添把柴火，如果还有足够的时间，可以烧一火炉的红苕、洋芋，喂饱我太久的思念。

奶奶，原谅我，我所能做的真不多。不能和你对我的付出相提并论，最多在你门口挂上我苍白的想念，淡淡的一束，不会飘摇太久，世事风雨就会把我的牵挂吹得七零八落。还有几沓纸钱，随着火光明灭，清风一吹，就消失在你门口。如果你在那边钱不够用，还要等到明年。如果遇上我手头宽裕一点，再买一挂鞭炮，引爆我阵痛的脆响，在你沉寂多年的生活里弄出一点动静，表示我已来过。

今天，我不发朋友圈

打定主意了，今天，我不发朋友圈

按时被提前设定的闹钟惊醒，但不吵醒你

熟睡中的母亲，我不会让你因为没有柴草，无法做饭的

愧疚的表情放大。然后，悄悄地起床

去狭窄的街道，买几斤还带着泥土味的新鲜蔬菜

做一顿并不好吃的饭菜。让饭菜的热气

或者锅碗碰撞的声响，把你唤醒。洗漱过后

一个，或者两个，你啥都吃得很香的菜

早已列队等待你的检阅，虽然，结果绝对是

欣慰，外加津津有味。这些，都是我的日常

没有能让人心头一颤的细节与瞬间，所以

我决定，不发朋友圈，不写心灵鸡汤式的文字

（主要是，你不认识这些密密麻麻如蝌蚪般的汉字）

只做一些琐碎的事，比如，洗菜，切菜

炒菜，盛饭，洗碗，擦桌子，然后，出门打麻将

送母亲看病

再多的不情愿也要迈出这一步。

我知道，你是怕出门容易，返回太难。

对于你来说，回家的上坡路，走一步，要歇好久，才能回到半山腰的家门。

除了这个，还有的顾虑，可能是许多陌生人猜测的眼神。

可是，大街上，有些人你一辈子都没有见过。

这么多的人，看见我搀扶你的手臂有些低沉。

这与若干年前，在遥远的乡下，你用沾满泥土的手扶正我有点倾斜的姿势多少有些不同，可又有些相似。

现在的病理和那时的倾斜，截然不同。

陌生的目光好似大夫手中的刀片，关切的深度会切掉你病痛的几分？

你呆滞的目光歪挂在我的肩膀上，脑海里，大雾升起。

这无尽的疑问，如杂草丛生的荒山，模糊了你的视线。

这本来就无法解释的疑问，你在怀疑你这一辈子还有没有驱散它的能力。

大雾疯狂升起，你早已分辨不清这么多疼痛，会从哪个方向何时逃离，逃离对你弱不禁风的单薄身影的围剿。

四周已然模糊，只能依稀可见，我小心而牢牢抓住你不放的
手臂。

你无法推开我，不愿推开我，不能推开我。

是你竭力逃离的禁锢，还是——

你一辈子都没有积攒够

推开我的力气。

我的第一个电话号码

13324652776，十年前，我的第一个电话号码。

我都不知道为何这几个随意排列的朴实数字会和我有那么大的关联。那时，被我停顿得太久的小山村开始编码，把每一个外乡人的秘密随意排列。其实它对自己的孩子也一样，每一个人都同等对待，好像要把它自己的全部家当面向世界进行兜售。

那时的我们，不知道一具乡村的骨骼长年累月地站在半山腰，把我们的脚印或者行踪毫无保留地发送给我们认识或者不认识的知音，用他乡的霓虹换取对山岚或者秋风的一丝认同。

后来，有关乡村的线索成为维系村庄希望的藤蔓，又好似攥在它手心的风筝线，它只要一抖或者一拉，无论我游离多远，都会被它拴在村口那棵老迈的女儿红树下，瞬间的羞愧好似犯错的小苗，在风中不住地点头。

第三年，村庄的野心随着庄稼的长势达到了前所未有的高度，网络进行了升级，发射塔、基站一如既往地蹲在乡村的半山腰，像个癞蛤蟆，包藏着更大的欲望，对着天空哈着仙气，又好像对未知的命运发难。我无可奈何地精心挑选，换了个预示着飞黄腾达的新号码。

我当时想着，坚决，绝不，主动扔掉这个最初的号码。

也许，那个最初的数字会有我最原始的回想。

现在，以后，或者将来的某个瞬间，偶尔想起这个已被我用旧的却又焕发着新鲜光泽的数字，如同还在我心底驻着的心灵密码，总会不由自主地被我的思念拨打过去。

接听的咋就不是我了呢？

那朴素的乡村密码谁在使用？是遗留给了山岗的腰肢，或者是又交给了一个渐行渐远的快要迷路的孩子？

可是，我心底的村庄啊，我最初的原始号码又在哪里？

戊戌岁首，一场邂逅

——兼致孝华、清华、文凯诸君

丁酉的尾巴，已经快要挣脱我们握紧的双手。

多少年一遇的寒冷，或者不轻易莅临的瑞雪，洒满空气中无法驱赶的疆场。

这些与热情抗衡的寒意，都在轻轻一握之间，变得这么温润，手心的汗珠还在表达着敬意。

无法预约，都是匆忙地追逐繁星的孩子，眼睛反光，随意翻转都能抓住洁白中的核。

民歌婉转，词句缠绕，情节丰富，往往有更多的含义随岁月蔓延。谁是主角、配角，此刻，都不是探究的理由。

音律，这时光的绳索，会不会捆绑我们不同的身份？你看，旋律都已成变换不停的面具，变着戏法，表情转换，初心不变。

真的，这岁月之核，晶莹剔透。

凝结的固体，能表达多少友情的咸淡，诠释聚合与分离的状态？

一小撮，不同生活的调味品，能调和多少岁月滋味，又能负重多少我们相遇的柔软？

酒杯的深浅，并不能说明交情的刻度，纯正还是醇正，也许并不重要。

有些成色，需要一生的时光来检验，比如这月色，这雪色。
这酒精闪耀的洁白的光。

纤夫号子

一

"拿篙喂嗨，拿篙喂走，拿篙喂嗬，嗨哟，嗨哟。"

脚下的河道更窄了，水流更湍急了。

水情未知，多变，唯有步履稳健，方能征服急浪险滩。

古铜色的脸庞，裸露的肌肤，弯曲的身影，隐现的纤绳，榫眼中被来回拉动的纤套在头顶重重的水光中，闪耀着汗水的光泽。

活锚，用坚韧的爪子抓住可以稳定希望的角度，只为一次艰辛的路程。

扯篷，盖住山货、土特产，凭借责任守住喂养饥饿的保障。说什么也不能让简单的愿望被潮水淋湿。

"哈嗬着哈嗬嗨嗨。"

二

"看到嗨嗨，嗨嗨，哈嗨。"

歌声在悬崖上长出坚毅的眼神，山岩上油亮的榫眼，也高涨着抗争的不屈，那殷红的蹬脚石，反射着如火的骄阳，脚掌如刀割般疼痛，一股股强大的泪流冲击着不屈的内心，鼓胀着他们的肉身。

溯水拉纤。绳索，不是生活的束缚，而是一种方向的牵引。纤绳勒进生活内部的刻度，是艰难的程度，也是幸福的指数。

疼痛的程度决定幸福的深浅。

生活的无奈，不能用叹息来表达。

最后的出路，

一定是面对风，面对雨，仰天呐喊。

"加把劲哪，嗨嗨；脚踩稳哪，莫松劲哪，嗨嗨；蹬上一腿嗨嗨；再蹬一腿嗨嗨。"

三

"抬到嗨嗨，吆嘿，荡到嗨嗨。"

推船，手脚并用，调动一切可以调动的力量。借助风，借助意念与阻力对抗，必要的时候可以避其风浪，这样可以顺当些。

摇橹，学会寻找撬动重量的最佳支点，四两拨千斤，生活的缤纷多彩，不只是一味地挥洒汗水，还有退让的学问。

炊烟在哪里？在哪里飘摇着亘古不变的乡愁？曾经的喧嚣，曾经的败落，宛如过眼云烟。

水流平缓，也不是懈怠的理由。

歌唱吧，舒缓些。

让号角声长短不一地回荡在大巴山中，丈量着回家的脚步，经久不息，奏出时代特有的节奏，永远地回荡在任河两岸。

"吁咿哦，吁咿哦，嗨嗨。"

四

"进滩了，加把劲，吁，嗨嗨。"

峡谷中回荡的甩高腔，吼山调，搅动着浪花与秋风，风化着纤夫的血与泪。

被赤脚丈量无数遍的古老的大力滩栈道、白河栈道、任河栈道，长满老茧的手掌抚摸十米高的绝壁上那长约百米凿石栽桩而成的亮风岩栈道，翻身贴在虎口岩那空悬的栈道上，那苍凉博大的气势融化吸收了多少悲情的细节。闪耀着突破生死，传递的是永生的光芒。

湍急的河水流逝的不仅仅是沧桑岁月，还有伤感的情怀。

当船逐渐靠岸，收桨入舱，五味杂陈的目光闪现出的是谁的辉煌与破败？

歌声余韵中，你的角色是领唱，还是和声的一部分，这都无关紧要，重点是声调短促，要你用一生来演绎。

生活的脚步一起头，各种相互掺杂的味道便接踵而至，随声附和。

无论是几声部，心潮激荡的都是辛酸的过往。

最后的歌词只有一句：生活太艰难，歌唱是绝望的抗议。

"快了快了，快脱水了，上来了啊，吁嗬。"

与爱人书

——谨以此诗献给有爱的人

一

是的，我承认，我们不说爱，已经有些日子了。

可关怀与牵挂始终没有走远，在空气里，在风声随意滑落的指缝间，在锅碗瓢盆的碰撞声里，这一切是那么平淡无奇。和你随意泼洒在阳台茶花盆的清水差不多，甚至有些不那么清亮，那是没有冲刷干净的洗碗水。

但是它能让日渐萎靡的花骨朵焕发新的微笑。

你没看见吗？

春天来了，它依然在晚风中摇曳。

一点不夸张，一点不渲染。

二

二十年了，我没有有意无意地面对日出晚霞、花开花落，对你深情地说出，那句你期待已久的，平淡无奇的话。

我知道，这应该算是我的过错，不过我依然觉得，这不是过错能解释的。

甚至可以说，这不是过错。

因为，我觉得，一切最真实的爱意绝不是苍白的口头禅。

那是日常细节的完美呈现：饿了没？吃了没？何时回家？

有时烦躁不要紧，我会静静等你把牢骚发完，给你递上一杯茶。

渴了吧，喝一口。

三

接下来，我要说说有关家这个平常的话题。

我们最初的相遇，在那山茶花盛开的遥远乡下。摇摇欲坠的老屋是我们最初的巢，日出而作，日落而息，在老家的田间地头挥洒着带有十足盐味的汗水，却也乐此不疲；吃着现在早已不稀罕的洋芋、玉米这些粗糙的食物，依然开心。

栖居小河边的日子，撬动几百人的日常温暖的时光，也没有丝毫怨言。高温烘烤着生活的温度，依然脚步坚定，心安理得，偶尔交换生活的接力棒，这样挺好。

远离乡村，走入别人的城市，我们注定要成为外乡人——一个把他乡当家的外乡人，可是我们不能抛弃老家的纯真。

因为，你在我心里，家在我们心里，不分地域。

四

还要说说有关"财富"这个庸俗的词。

我们相逢的时节是一穷二白的早春。现在还是初春，两手依然空空，日子依然如故，唯一的收获是令人揪心的，我们都爱着那个让人牵肠挂肚、成为心病的人。

我们知道，一切财富的聚集都比不过我们深爱着的那个人的健康、快乐！

这是不争的事实，也是属于我们的真理。

所以，我要说，所有的财富都比不过希望，比不过坚持。为了一个人的未来，所有的坚守就是最大的财富。

你说，是不是？

五

下面说说细节，也许它真的说明不了什么。

面对一切烦心事，一切不如意，也许有些绝望，这都是生活对我们究竟有多少耐心的考验。

也许，有时忽略了一些事物的正确性，但真的不是生性顽劣，它就是被随手撒在稻田里的秕谷，面对需要的纯粹，你，或者我，伸手拔掉，扔了便是。

不必歇斯底里，不必怒语相向。

可以和风细雨，可以平顺柔和。

如此，就会让我们的内心平静，不会为一些细小失误而让我们的神经一紧再紧。

六

接下来，要说说"奋斗"，现实不允许我们选择安逸与逃避。

命运残缺的部分，就是考验我们对待生活有多少耐心的机会。

各自坚守，一切以初心追求为动机。

想想命运残缺的美丽，那么忧伤，就有了前行的动力。

如果清楚努力的缘由，那就什么也不说了，埋下左顾右盼的头颅，做自己，为我们都爱着的那个人。

所以，这章散文诗，我要转移话题，不是结束，是换一种方式继续，以另一个题目"与子书"，继续我们不变的话题。

与子书

很纠结，很早就想写这样一组还不能完全叫散文诗的文字。

最主要的缘由，很大一部分是我们之间平凡而普通的关系，在外人看来，这根本用不着。有什么话不能直接说呢？

可是，我还是决定，矫情一次，为自己真实的内心做一次表白。

一

从最初的那片绿叶说起吧。

脉络没有规则，但是涵养着汪洋的雨水，这是一切的根源，然后才有漫山遍野的绿意，这是我后来才发现的真理。

这与你无关，与我有关。

因为，绿意背面，已然模糊的背影，又把这一片汪洋之水，倒了回来。

同时也掏空了我的记忆。

唯一记住的是想要紧紧抓住残存绿意的双手，给我一个支撑的希望。

这也与你有关，那个越来越模糊的背影，可能你没有一点印象。

但，那是我多年来抹不去的悲伤。

因为那个背影把仅有的一丝绿意留给了我，而接下来，我要说的是，我要尽一切可能把绿意留给你。

二

不说闲话了，说说你我之间的缘分。

茶花开遍，这是开始，也是定数。

逃避不掉的相遇。

绿意一直不退，甚至更深了一层。

花香，不浓，也不淡，一切刚好能迎接你的到来。

茶籽，悄悄挂果的时候，一份沉甸甸的礼物，就随季节不期而至。

欢迎的仪式，就是对着风轻云淡的收获，鸣礼炮三响。

对着老天焚烧祈祷，让飘摇的黑蝴蝶给神灵带去我们的敬意。

然后，在屋外的梦花树上，打一个结。

让它在盛开的时候适度地散发出应有的清香。

三

一切的温馨，一直是有关白果村最美好的记忆。

茶花依旧，浓淡相宜。

微风吹来，伴随轻微的脚步，不规则地奔跑，犹如琴键上跳动的手指，随意触碰，演奏出来的都是这个灵魂乡村最美好的音乐。

朴素的村庄，洁白的羊群，点缀着报纸糊不住的奔涌而出的琅琅书声，泥土味十足的朗读，一直都是这个村庄最原始的愿景。

咯咯，肆意的没有来由的欢笑，一直都是我们开心的理由。

四

意外，或者命运的劫数，一定都是上天的安排。

一切不如意，早已经为我们埋下了伏笔。

朴素的村庄，也是埋下祸根的因素之一。

保留最原始的美好，同时也带来前行的阻力。

终究没能经受住高温的侵袭，在月黑风高的夜晚也没能完成对意外的救赎。

夜行，奔袭，终究还是没能阻止细菌对神经的袭击。

这，也是我至今为止，唯一对故乡有成见的地方。

其他，我一切都爱，绝无戏言。

五

思维的短路，一定与之前的伏笔有关，这是我后来才知道的事。

这是多方查找得来的结论，也是意料中的缘由。

有许多后来的轨迹，都不是我们的本意，所以，"后悔"二字常常在我们的字典里出现。

如果，如果，可是，世间只有结果，没有如果，剩下的就是过程。

既然，一定要我们承受，那也不能逃避。一切，只能面对，并战胜它。

我知道，这对你过于不公，可是，又能怎样呢？

我们没有选择的权利，只有应对。假如你感觉有点艰难，不要怕，有我们。

六

也许，在外人看来，我们是多么失败。

可是谁能透过我们的生活看看本质存在的苦衷？

学习成绩、做人的细节，我们都没能像常人一样对你严格要求。最初的出发点，绝对是，我们不想在你本来就脆弱的心里面，再添一个紧箍。

我们只想你快乐，平安。

尽一切可能，维护健康，和普通人一样。

所以，一切生活细节，你，不要嫌弃我们的唠叨。

因为，我们和所有父母一样，都是站在你未来的角度考虑。

七

说说将来吧。

也许我们能陪你走过的路，不足你人生的一半，也许更少，剩下的都要你自己走。

那时，我们在你摔倒的时候不能扶你起来，你要学会自己站立，站扎实，站稳，不要歪斜。

所以，你不能随意荒废时光，要尽可能学会安身立命、生存立世的技能，这样你才不会被饥饿击倒。

不要让不良嗜好占据你的青春，比如通宵达旦的游戏，拿金钱消耗时间等。

毕竟，只有有了过硬的本领，才能完成支撑"人"字的最硬气那两笔的完美书写。

八

脾气，最能反映一个人的品质。

尽可能地对人和颜悦色，有理不在声高，有理也可让人。

凡事不与人争长短。这世间，有太多不合理的地方，看不惯，就不看。

或者远离。

你只需要，不成为他们中的一个，就行。

九

对朋友，要多付出，不能一味索取，不能只要求别人，自己却不做。

这世上，没有人欠你的，不要以为别人都是应该的，自己就心安理得。

真诚，是在一起的前提，不学墙头草，要做岩上松。

以端正的姿势行走在庞杂的植物中间。

只有经过风雨击打的大树才能迎来小草的仰望。

十

爱情，是人生最美好的相遇。

珍惜缘分，一以贯之，是底线。

遵从心灵的走向，遇见，就是可能。

勇气，是前提和保障。

智慧，是美好的花朵。

只有用心浇灌，才能盛开。

心里有阳光，蝴蝶自飞翔。

十一

最后，我想说的是，这章散文诗永远不会结束。缘分注定，精彩不断，和上一篇《与爱人书》一样，章节的序号，永远继续。

在停电的夜晚想起我的两个兄弟

他的确太土，长相普通，就连名字
也土得掉渣，和我有些近似，属于
走在路上会迅速被人群淹没的那
一个。名字和我一样，有个军字
有个和我老婆一样漂亮的媳妇，还有
一儿一女。媳妇在我曾经任教的校园租住
给寄宿生做饭，照顾留守儿童的日常生活
顺便给做电工的丈夫，也就是我的兄弟
做饭，洗衣，擦拭他的疲劳
我的兄弟浑身有使不完的劲
上下电杆好似灵敏的猴子
如果不是一起不明缘由的事故
也许，我还会看见他矫健的
影子。听工友说，那天，天空没有
一丝异样，可转眼间，他就化作
一团火星，挂在好高的电杆上
停留了几秒，一下子就遁入大地
化作一团泥土。据说，在他的

身上又长出了几棵小苗

还有一个，也是我的兄弟

至今，我还时常看见他

佝偻着背，可能是长期高空作业

养成的习惯，听他的同事说

他是一个业务标兵呢，一上电杆就

浑身来劲。可遗憾的是，他的妻子

忍受不了他长期野外作业，不能

照顾家，已经离异多年

我每次见他，他都笑得像一朵花

他说，看到万家灯火，窗明几净

他便心安。可我，作为他的兄弟

唯一的安慰只能是

有意回避有关老婆的话题

实际上，就连他这个人，我

也是偶尔才会想起，要不是今晚

停电，我的这两个兄弟，势必

会永远消失在我的记忆里

此刻，我知道，面对漆黑的夜空

是他们，我的兄弟照亮了我的

心灵，而我唯一能做的

只是，用心中残存的一点温度

温暖他们疲惫的身影

和回家的路途

二重唱

它在敛鹤鸣、鹤影、云影。

它在集猿啼、月圆、星灿。

有朝一日，洞内洞外，小溪里的石头，深不可测的潭水，蛐蛐的长吁短叹，都是它的。所有看似与它无关的风月，都是它的丹药，不用服用，即可永生！

神峰瑞色

——峰插县北，俨若屏风，岚气朝来，翠霭可挹

上界清虚地，危楼接大荒。凌晨铺宿雾，薄暮散余光。点缀千林秀，氤氲一径苍。凭高时眺望，封域绣中装。

——明·王三锡

身后，住着哪路神仙，让我始终不敢回头仰望，挥舞紫色烟岚，让我始终放不下恍恍惚惚的仙境，无法转身。

晨雾，如下山猛虎，追逐我俗不可耐的私心，淹没我疲于生计的脚步，留下的是我洒落一地的叹息。

雾霭再大，终究挡不住俗事对你的围剿，尽管你有超越时空的利剑，依然摆脱不了各种交易对你的纠缠。

纵然站成屏风，又能怎样？

风一吹，花草树木皆回归本位，包藏着口蜜腹剑般的祸心。

暮色，注定不甘寂寞，从江面气喘吁吁地爬上北坡，只为沾一点仙气，过一把神仙的瘾。

其本来的目的不过是酝酿下一个阴谋，或者寻找超越人心的借口。

一切看似那么美好，美得你无法预料。

为了寻找最初的答案，我在山顶设了一个棋局，邀暮色与我

对弈，一不小心，我就坠入暮色的迷魂阵，再也找不到我在前世
今生究竟是哪一颗棋子！

凤岭朝阳

——凤凰山在县北界，山高百仞，青碧映日

凤岭曾飞凤，山灵占晓晴。彩霞登叠嶂，赤日曙层城。物瑞光先兆，人文运已亨。愿言云路客，伫听引箫笙。

——明·王三锡

凤凰，以如何舒展的飞翔，剪断天空对大地的牵挂？

所有展翅，都有柔风歌唱的理由。

如果不能解释彩霞与叠嶂如何相辅相成的过程，那就面对天空、面对大风痛饮，用庙宇里绵延不绝的香火做调味品，用老道散漫的诵经声做下酒菜。

朝阳，朝阳，除了你在读音上的两个不同诠释的版本，我实在找不到还有什么绝美的注释，能够解释凤凰的前世今生。

风声，鼓声，敲碎的漏泻的月光，一遇到整片松涛，或者半截箫声，就成了擂鼓台遗落在传说中的诗句。

除了时间，能够解读阳光下这些韵脚不一的诗行，谁的即兴之作都会逊色几分，这是不容置疑的事实。

我作为你千百万普通读者中的一个，怀揣敬畏，不揣浅陋，随意吟哦的诗作能够被人群里的某人偶尔记起那么一两句，我便是你合格的读者。

文笔参天

——一峰高耸直入天际，如植笔然

芹堂春晓望，隐隐笔峰朝。突兀排牛斗，参差插汉霄。雨余添秀颖，枫落耸孤标。不染人间翰，天工巧画描。

——明·王三锡

自己本身就是一支笔。伫立于人声鼎沸的对岸，隔岸观火，已成与生俱来的习惯。

所有的书写都是别人的阴晴圆缺，潮涨潮落。

白云或者阳光是你常用的词汇，乌云是有意埋下的伏笔，风霜雨雪，大概要算作多年酝酿的思路了吧。

毫不在意自己是青黄还是碧绿，只想挺立成别人人生的骨骼。

难道你是一切的主宰或者判官？

似乎，别人的生活都与你无关，江岸拉长的号子、道路的泥泞，都是你关照的对象，却看不出你的一点私心。

你只在乎，自己的腰杆是否依然笔直，能不能以晨曦或者暮色给熙熙攘攘的人群，包括我，提供参照。

以红枫的艳丽，做妖艳状；以耕牛的姿势，做勤奋状。不让芸芸众生看出一点匠气，只让我听到你自任河或者汉江漏出的汹涌澎湃的涛声，我知道，这是你这篇真实的杰作最完美的意蕴。

汉巴清翠

——汉水与任水合流处，清翠划然

一水痕分泻，两川秀合流。出巴清鉴澈，拖汉翠罗浮。滟滚银河液，虚涵玉宇秋。凝眸看不足，槎泛溯源头。

——明·王三锡

清澈、混浊，是不是一场雨水，或者一个自然的清洗就能截然分开，就能断定得那么清楚？

是非、对错，是不是一个偶然，或者一个事物的表象就能明辨是非，就能看穿人心的善与恶？

所以，任河、汉江无论以何种方式在任河嘴交汇，都不过是一瓢人间清泪，包含的不仅仅是人世繁华与悲欢。

每一滴水都有不同的流向和参与汇合的不同泳姿。

每一双眼睛看到的鸳鸯水，绝对不是相同的景致。

有人看见悲欢转换无常的爱恨情仇，以爱情之名游戏情感的波涛。

有人看到沧浪之水大道至简，阴阳流转，过程的繁与简同样昭示水流的双刃剑。

烟波浩渺，清与浊分庭抗礼，明白与糊涂的缠斗，都会缓缓地流入大海，归于平静。

一切小概率事件也许让人看见的都是无法解释的误解产生的过程。

一滴水的流淌旅程，通常会有许多意想不到的结局，有许多不得已的初衷。

可是有哪一滴水能够看清自己作为水分子最初纯净部分的缺失？又有谁能够追溯出一切不平静的源头？

中沙映月

——汉水至中沙坝，清可见底，印月如画

凉夕天如洗，寒潭月乍沉。一泓清掬玉，万顷碧浮金。波镜蟾光彻，江流桂影参。须臾沙际里，惊起卧龙吟。

——明·王三锡

一池月光，毫无征兆地在传说里闪耀着清冷的光。

谷阔塬高，可以安放一个米溪洞的宽度，能温暖所有和尚和孤苦村民无助的内心。

月照沙洲，绝不能让方丈的贪婪披上救世主的外衣，这是月色最基本的处世原则。

江清人静，江水清了，人能在波澜不惊的水边保持宁静，不起涟漪吗？

所谓清者自清，浊者自浊，绝不是一成不变的常态。

如这江流，这桂影，月光一动，它就开始变换表情，始终让人猜不透它内心的秘密。

只有一点一点循序渐进地沉入谷底的泥沙，才能充分经受住月光的检验，保持沉默的色泽，好似一本耐读的线装书，字里行间都是月光无法释怀的心事。

也许，只有在清风里自由穿行的沙子才能读懂，它知道，历经岁月沉淀而饱经风霜的无欲、无求，才是最好的注解。

之水回波

——县西南二十里，任水曲折如之字可观

一脉灵源渺，文章涣碧漪。水盘山势秀，江转字流奇。屈曲天然画，纡徐象外仪。茫茫盈海峤，万壑借波滋。

——明·王三锡

起笔的初心，落笔的深意，不用探寻。

一定是出自报恩的内心，不信？

有塔为证。

山与水的布局，如何体现事物的回转，我绝不追究。

何处深不可测，任由世人无端猜测，它自水流中窃笑。何处浅薄如镜，在什么部位彰显仁者、智者的风采，是一门不容易掌握的学问。

我事后才知道，任河不可能就这样一直行走在陡峭山巅，水流也不可能一如既往地湍急，它当然深知，适当地改变一下运行程序，一定会有不一样的效果。

就当是一泻千里的短暂停息，为下一笔酝酿一下走势。

事实上，一切都在自然法则的运筹帷幄中，所以讨论山水的走势，运笔的气韵都显得那么苍白。

我们能做的，只是适当在繁忙的间歇，行注目礼，适度关注一下它浩瀚的过程，或者逐步改变流向的姿势，甚至，水流优美的程度都无法把握。

也就是说，对于这个短暂的山水布局，我们只能坦然地接受，并热爱。

就像我们无法预料的人生某一片段一样。

七宝连云

——七宝山，县北四十里，高峰相连，云雾变幻

七宝天开胜，迢迢烟翠中。依稀金错丽，仿佛斗横空。合浦光分润，朱提势并雄。几时登绝顶，举手扪苍穹。

——明·王三锡

一座山，拿什么宝物与天地比美，与日月争辉？

千里迢迢赶来的烟雨蒙蒙，云朵初开的佛光普照，恐怕都会比蜂拥而来的显月寺的善男信女那虔诚的目光逊色几分。

每一颗色彩斑斓的星星都有自己的位置，每一颗闪耀灵魂光泽的心灵都会有一个安放的家园。

人世间所有美好一定不会流离失所，并且都能找到回归的路径。

勤劳、善良、礼让、朴素、宅心仁厚，所有与泥土有关的品质，都会有肥沃的土壤。

所有与这些作对的阴谋诡计都会不战而败，无所遁形；不管披着多么艳丽的外衣，都会腐烂，化作泥土，生长出几朵山间的小花。

这哪里是长满虚荣的形似宝贝的七座小山头所能比拟的呢？

虚张声势的烟雾，故作高深的山岚都不可靠，其中的奥妙不用问苍天，不用问大地，作为凡夫俗子的我，都知道！

紫阳仙洞

——瓮儿山，紫阳真人张平叔修炼之处

壶酒寻真去，仙踪一纵观。径迷瑶草秀，洞隐碧潭寒。招鹤云还锁，听猿月正圆。欲超尘外劫，何处觅金丹。

——明·王三锡

别喝醉了，可以微醺，不可酩酊，至少要认得回洞途中路边的野草。不知名的山花可以不管，因为，醉了也不一定能解千愁。

半醉半醒间，也许是最好的选择，这样可以忘掉烦恼三分，剩下的心知肚明。可以做一次挣扎，不管结果如何，路边那探出半个身子的野草也不会嘲笑你的失态。

还是不要在意洞穴的寒意，你没察觉吗？山洞在一味地退避三舍，它绝不是逃避，是以退为进。

它在敛鹤鸣、鹤影、云影。

它在集猿啼、月圆、星灿。

有朝一日，洞内洞外，小溪里的石头，深不可测的潭水，蛐蛐的长吁短叹，都是它的。所有看似与它无关的风月，都是它的丹药，不用服用，即可永生！

卫武公：挺立风中的竹子

瞻彼淇奥，绿竹猗猗。有匪君子，如切如磋，如琢如磨。

——《诗经·国风》

三千年，缓缓吟诵的时光，诗意交错的秋风。

淇水波光中，徐徐打开的光圈，故事情节的转弯处。

言谈举止，挺秀有余，一根在《诗经》中呼唤德才兼备的竹子。

虚心，有节，在一个世纪里坐拥勤政。

整修城垣，兴办牧业，率兵佐周抵戎。

浏览，目光满溢平和，在史书中次第打开。

细读，身子幻化成清风，穿行在一片清朗之中。

浩荡的诗句，散落鹤壁大地。

层出的诗意，绵延淇水流域。

手持时光利器，将自己的品德、修养、个性、谈吐，

逐一琢磨、雕刻。

循序渐进地，把体内的庸俗之气一点一点地逼出。

把自己打磨成金或者玉，

让十足的金属色泽铺排到鹤壁大地。

许穆夫人：有关朝歌的思念

籊籊竹竿，以钓于淇。……泉源在左，淇水在右。

——《诗经·国风》

诗句中翩翩起舞的姑娘，怀揣故乡的女子，远走他乡。

以无边春光节节拔高的乡愁，烘托出他乡的曲高和寡。

一条河在意境里缓缓流动，闪耀着别人的意蕴。

甘洌的清泉，悠悠的淇水，绿得深不可测。

波光粼粼中，飘飘衣袂，搅动着吹向故乡的秋风，早已无所适从。

长短不一的诗句里，绿意无边的倩影，临淇河而泣。

洒下的两行珍珠的光泽，汇成另一条相思河。

谁能令有关朝歌的思念更加意味深长？

以父老乡亲模糊的背影，

以无限延长剪不断理还乱的丝线，

以下笔万言不知如何串联的诗句，

做诱饵，

垂钓。

爬上日渐消瘦的竹竿的，是不是凌乱的炊烟？

散乱的脚步，又能不能丈量出归乡的路途？

曹丕：晨风中呼啸的军旗

奉辞讨罪遄征，晨过黎山巉峥，东济黄河金营，北观故宅顿倾。

——曹丕《黎阳作·之三》

奉淇水之意、黎阳之愿、正义之命，出发。

踏朝露，采晨曦，与战车同行，与轱辘穿插。

在大伾山铁青的脸上插满出征的理由，让鼓角争鸣列队等候，饱含离别的泪水随后赶来。

如果有些许孤独，叫上黄河汹涌的浪花、鹤壁奔跑的茂林修竹，暂且不管那千年的黄沙迷漫。

擂三通鼓也行，使出浑身的力气，最好能震动罪恶的神经。

不要去管曾经的繁华是如何坍塌成满目荒芜，遍布山野的灌木是如何表达千奇百怪的私心杂念。

只要紧握正义之矛，满目秋风，翻飞的草虫哀歌，穿梭的离雁孤飞都是连绵不绝的千军万马。

满鬓白发，昏黄的油灯，氤氲着烽火味的铺叙直陈的思乡诗句，都是取之不尽用之不竭的锦囊和令箭。

李白：有关别离的一次握手

魏都接燕赵，美女夸芙蓉。淇水流碧玉，舟车日奔冲。

——李白《魏郡别苏明府因北游》

最不能忘记的绝对是淇水的绿，所有的相逢与别离都是这匹绿色绸缎的一部分。布满整个旅途的绿意从长安出发，从梁宋到幽蓟延伸，在淇水河岸激起一朵浪花，打湿了廷硕的一介衣衫。

停顿于诗句逗号处的一次握手，让姣似芙蓉的淇女，艳羡不已，竞发的风帆都想争先恐后地来过渡这段让淇水开心而怒放的友谊。

万车争驰，青楼夹岸，万室钟鸣，天下豪富，都在这一次握手面前苍白几分。

令淇水动容的挚爱友情已成为鹤壁最宝贵的财富。

千金散尽，又有何惧？

那么多的春雷和秋雨贯穿变幻莫测的时空，那么多的悲欢离合伴随岸边的行色匆匆，淇河却始终不曾更改它的绿意、它的亮度、它的汹涌与灼热。

有关淇水，这流淌千年的别离，温暖始终紧随其后，朵朵暖意一直在岸边。

开放千年。

王维：淇上傍晚的时光

屏居淇水上，东野旷无山。日隐桑柘外，河明闾井间。

——王维《淇上田园即事》

佛光照耀的傍晚，再纷繁复杂的山头，也已失去了挺立四野的机会，空无一物，是彻底地放下。

无论桑木，还是柘木，都已是置身物外的虚无。

曾经肥硕的叶子，被市井的目光一点点蚕食。

缓缓下落的太阳孤独地衬托着失意的背影，还能表达心中的祈愿吗？

牧童搜寻的眼神还没有找到落脚点，猎犬就已经随着一无所获的枪管回归四合的暮色里。

这都不是重点，重点是穿行在淇水田野里的单薄背影早已放下牵挂，关上了还没有到来的黑暗。

汹涌的淇河再也不能激起一点浪花。

尽管它一如既往的低调，我还是看见了你轻轻翻动历史经卷的声息和指尖滑落的声声叹息。

尽管还有一丝微凉。

一如这平静如镜的夜色。

胡长芳：十年的天空

李升富是不幸的，当他在煤矿为一家人的希望拼搏的时候，厄运不期而至，他终身残疾，再也不能站起来。然而，李升富又是幸运的，小他十三岁的妻子胡长芳没有放弃这个家。无论是照料生活无法自理的丈夫，还是为年迈的公公婆婆、生病的父母日夜操劳，她都义无反顾地把温暖送到每一个人的心田。

紫阳县第二届孝老爱亲道德模范　胡长芳

年龄绝不是爱情的障碍，岁月一定是婚姻的试金石。

意外，通常是真情的注脚。

一个简单的理想，或者是寻常的溯源，在漆黑如深渊的八百米（也许更深）的泥土深处，闪耀着汗水的光芒。

机械的动作，重复的是一个家庭平凡的温馨。

动作停顿在千万次重复的某一个瞬间。

柔弱的女子用坚毅把一个家庭的希望延续。

手势稍有变化，姿势有些飘摇，与丈夫的机械简单稍有不同，只是多了几层含义。

用十余年的时光，充当丈夫的保姆，延续最初的爱情长路。

用十余年的时光，担负爹娘的角色，延续女儿成长的小路。

十余年的庸常时光，用瘦弱的身影，飘忽在山间的快乐，喂饱饥饿的心灵。

漂亮的容颜不再，青春的气息不再，有的只是生命中的举重若轻。

当然还有多个角色的穿行：妻子、母亲、女儿、儿媳，保姆、厨师、医生、建筑小工、搬运工、护工。

你，究竟是谁？

张紫云：没有血缘的亲人

有人说血缘是维系亲情最真实的纽带，很难想象一对贫穷的夫妇是如何含辛茹苦地抚养一个没有血缘关系的弃婴。更难想象的是，一个早已成家的女子面对身患帕金森、心脑血管病、脑动脉血管破裂的养父和腰椎骨折、口吃又耳聋的养母，多年如一日地奔波在筹措治疗费和照料双亲的途中，这份至爱亲情如何能用血缘这个简单的词来诠释？

紫阳县第二届孝老爱亲道德模范　张紫云

1987年的秋天有点冷，一个冷风中无助的弃婴，在冰冷的小巷子里呼唤一个温情的怀抱。

一对张姓夫妇与这个小孩不期而遇，于是有了一个温暖故事的开端。

最初的季节，养父也能撑起一把残破的伞，养母也能听得见这朵娇嫩的小花缓缓绽开的声音。

沉重的双腿也能丈量成长的道路，残破的蛇皮袋也能收拢一丝和煦的气息。

如弓的躯体托起一个小女孩单薄的童年，简单的温馨充斥着有些平淡的日子，穿越色彩斑斓的小巷。

接下来的情节没有按照预设的完美心愿发展，命运的风暴一次次毫无保留地席卷了这对给予小女孩家庭温暖的夫妻。

养父：帕金森、心脑血管病、脑动脉血管破裂。

养母：口吃、耳聋、腰椎骨折。

紫云，一个娇弱女孩，还没来得及享受爱情的甜蜜、生活的温馨，就要奔波于病床、家庭之间，操劳于孩子、丈夫与养父、养母的日常生活中。

忘记了岁月的流逝，没有心情关心季节的流转，也许自此不会再有这些概念。

把筹措医药费的艰难埋在心里，用养父养母哄小女孩同样的目光，喂养肆意扩张的疼痛。角色的反转，来得那么迅疾。

容不得半点犹豫。我知道，她不会犹豫。

哪怕，自此的岁月，来不及绽放的青春容颜，都要消失于为养父母喂药喂饭的细节里。

陈邦银：三个词

用柔弱的肩膀撑起一个家庭的一片蓝天。三十载不离不弃，告诉患病的丈夫：你，别怕，有我；半生时光的坚守，告诉家人：你们，别怕，有我；无数个风雨如晦的日子里，面对逆境的乡亲邻里们，告诉他们：别怕，有我。我在，我会带给你一缕春风或者一片蓝天。

紫阳县第二届孝老爱亲道德模范　陈邦银

女人，并不是天生弱者的代名词。

有些际遇，一旦相伴，就不能选择，相拥是最好的热爱。

主心骨：是的，一个大家庭的小女人，也能蜕变为建筑队的苦工，支起家庭的脚手架。办旅社，风餐露宿，寻求客源，只为换来一家人并不丰盛的晚餐。她为旅客带来家的温暖，也为自己的家注入幸福的源泉。

老保姆：面对患有间歇性精神病的丈夫，照料不停止，爱情不停歇。纵然出现脑萎缩，大小便失禁，给予丈夫的关爱不萎缩，关心不断流。三十载，她化身为丈夫和整个大家庭的专职保姆，牵手丈夫穿小巷、走大街，为最初的认定寻找保鲜剂，为爱情变换不同的营养餐。做饭、洗衣、照顾小辈和老人，她充当着一个

大家庭的润滑剂。

助理员：张家有人生病，她主动送医，用普通的行动治愈周围的漠不关心；李家大人有事把孩子托付给她照顾，一定放心。她是大家的助理员，不折不扣的热心肠。

如果还有其他的词可以概括她，那就是乐观、真诚；如果还要做个总结，那就是，所有认识的人，面对这个人，李家的陈媳妇，都会不约而同地竖起大拇指。

陈英彩：与四位高龄残疾老人的情缘

夕阳无限好，只是近黄昏。多年被疾病缠身的九十六岁的奶奶、七十二岁的伯伯、六十八岁的公公、六十二岁的婆婆，他们心中的夕阳全被你勤劳的双手擦亮。"人再穷也要养老人，再穷也要给老人看病。"你用朴实的言行把乡村的晚霞装点得格外靓丽。

紫阳县第二届孝老爱亲道德模范　陈英彩

故事始于对一个小伙孝敬父母、勤奋好学的仰慕，所以，面对在外教书育人的丈夫的老人，一切照料，所有孝顺的注解，都应该由你来完成。

她是这样想的，更是这样做的。

缘分从二十年前，出嫁之时，就已注定。七口之家，既要留意地里庄稼的长势，又要抽空演奏锅碗瓢盆交响曲，更要用心血擦拭四位高龄残疾老人受伤受损的零部件。

公公李正禄，六十八岁，二级残废，患蛛网膜囊肿及冠心病；婆婆陈胜林，六十二岁，患高血压和心脏病，常年服药不断；伯伯李国禄，七十二岁，又聋又哑，瘸腿，三级残废；奶奶王大元，九十六岁，中风瘫痪在床，生活无法自理。

先是婆婆摔伤，在病床上与疼痛厮守月余。接着奶奶瘫于地上，呼吸急促，脸色如惨白的月光。然后，公公突发冠心病，与病房为伴。筹钱，住院，伺候，让疼痛远离，她把怨言抛开。

老人住院是家常，吃药是经常，急救药物和常规性的药品从不间断。她变卖嫁妆，存折数字归零，十多万元外债加身。

当然，还有哑巴伯伯夺眶而出的感激眼泪，奶奶被你讲述的天花乱坠的故事情节所逗乐的开心笑颜，公公、婆婆赞许和饱含感激的泪光。

还有，十里八村，父老乡亲赞叹的眼神。

张小红：让爱绵延

　　面对重病少年渴求的目光，我愿意；面对渴望环保、应急救护、防灾避险、无偿献血等相关知识的目光，我愿意；面对即将失学的少年无助的眼神，我愿意；面对渴望走出大山寻求人生理想的跋涉者，我愿意；面对一切需要帮助的人们，我愿意。紫阳县红十字志愿服务队也愿意，愿意把永恒的爱心永远传递。

紫阳县第二届助人为乐道德模范　张小红

　　最初的本意，绝对是立足本职，让爱的光泽绵延，铺满山村每一道崎岖的山梁，每一条充满艰险的沟壑。

　　所以，一条鲜艳的红丝带，就高高地在每一个村庄的上空飞舞，带上爱的加号，把关怀的目光传递。

　　所以，一切需要，都成为竭力的方向。

　　所以，一抹义无反顾的红色，引领红十字志愿服务队，一个近五十人的队伍，高举人道、博爱、奉献的大旗，占领每一个被爱遗忘的山头。

　　所以，助学、敬老、助残、防艾、环保、应急救护知识宣传普及等志愿服务，就在渴求的心中蔓延。

　　生生不息。

　　不是朝九晚五的例行公事，不是迎接上级机关考核检查的表面功课，而是以一腔热情搭建爱心的桥梁。

　　让枯萎的植物焕发新的生机。

　　让缺少养分的小苗有了成长的力量。

　　据说，她的脚步一直没有停止，一边播洒博爱的雨露，一边扎入山村贫困的底部，为山民脱贫致富清扫障碍。阶段性的成果是一纸省三八红旗手的奖状，外加家家户户在小康路上露出的开心的笑脸。

刘霞：茉莉花开

她，与紫阳县茉莉爱心公益联盟同人一道走遍紫阳的大街小巷、山村角落，助学、敬老、助残、医疗援助，把爱的种子撒遍紫阳的山山水水。为需要经济援助的人寻找救命稻草，也带去心灵抚慰，让那些缺少关爱和面临困难的人，感受生活的阳光。

紫阳县第二届助人为乐道德模范　刘霞

那个山村，不经意间，已经被一个人，或者一群人，用轻盈的脚步洒满歌声。

歌声中有柔和的阳光、月光、星光。

一句问候，一声关切，一星点黑暗中的灯火，照亮黯淡的心灵。

助学、敬老、助残、医疗援助，这些平凡的举动，这些微小的善举，就是通向敞亮世界的通行证，或是叩响幸福大门的敲门砖。

一切于滴水中闪耀的爱的光泽，都不是毫无来由的空穴来风，一定有雨露滋润的过程，这是大山的秉性。

一朵茉莉不论如何清香，都要有充足的养分，或者总要有一股营养液从根部汩汩流出，直达心尖。也许，我们叫它本性的根

源更为合适。

所以他们在大山的每一个角落，用微笑注册温暖，为每一个失落的眼神颁发通向豁然开朗的路牌。

所以不用担心，有了他们，这漫山遍野就开遍了茉莉。

空寂的山村会有绵延不绝的清香，在路旁，在每一个蹒跚前行的夜行人不远的前方。

李志忠：回望

　　吃百家饭长大的他，是群众眼中的好支书，多年来把做好事当成一种生活习惯。不管有没有血脉亲情，他的援助之手时刻准备着；不管有没有点赞，他的心始终火热。他用真情凝聚力量，用行动温暖社会。拥有一颗感恩的心，一心想着回报社会，这就是一个共产党员最朴实的情怀。

紫阳县第二届助人为乐道德模范　李志忠

　　与其他所有的回报相比，感恩是最大的回报。

　　滴水与涌泉何以相互对照？又将以怎样的比例回馈人间？

　　许多给予与获得的关系呈现多维度的万花筒。

　　我知道，许多欲望已经失去方向，伸出长长的爪子，抓住一切可以抓住或者抓不住的虚无。

　　最初的苦难，伴随众多的温暖，如雪野中的炭火，完成会集之后，一定会沿原路返回。

　　社区书记，这个看似官名的称谓，就成了反哺的代名词。

　　因为你，多少残疾孤老有了家的概念，生活细节、日常用品都饱含你的关怀。

　　他们都在你的回望中挺直了腰，紧锁的眉头逐渐舒展。

把敬老院众多老人当作你的父母去挂怀，不仅为他们挡住风雨，还为他们带去欢声笑语。

为许许多多和你的童年一样将要失去上学机会的孩子，送去希望，用脚步丈量苦难到希望的距离。

用赤诚架起横跨乡村的彩虹。

从"丽姐助学基金"出发，用一个月时间，让绚烂的彩虹直达十二个村一百二十一个贫困生的心田。

回望还会继续，不会有终点。

因为，所有温暖你苦难童年却没有血缘的乡亲，都是你的血肉至亲。

韩维奇：最初的相遇

在教书育人的岗位上，他以实际行动践行着育人的真谛，他以拳拳爱心诠释着师道尊严。他矢志不渝地描绘着助人为乐的幸福画卷，他以凡行善举点燃了谭霞璀璨的梦想，给一个濒临绝望的家庭带来希望，也给社会带来一丝曙光。

紫阳县第二届助人为乐道德模范　韩维奇

教书、育人，从来不会分裂。

当苦难与爱心相遇，就意味着一个人，或者一个家庭从此有了希望。

爱怜的目光在 2008 年的夏天格外真实，落在衣衫褴褛、骨瘦如柴的谭霞瘦弱的身上再未离开。

童年的天空被猝不及防的疾病击溃，家庭支柱过早地坍塌，这一切都是注定的苦难伊始。

真实的关怀，一定可以弥补一个家庭千疮百孔的漏洞，抵御暴风雨的侵袭。

尽管，欲坠的小屋在凄风苦雨中完成了由最后的破败到空无一物的侵蚀。

当一个家庭栖所注定要牺牲一个母亲的躯体作为交换，分离

已经是注定的结局。

风雨中的小苗，蹒跚前行的姿势暴露出来的瘦弱，恰巧是你需要奉献的那一部分。

三百元，八年。从初三到大学毕业，三万余元，不多也不少的数额，已经构成了希望的全部，支撑着前行的动力。

当所有的关怀一直延续，毫无疑问，这一定就是雨露。

有谭霞姐妹和爷爷奶奶脸上感激的泪水为证，有医科大学的录取通知书为证，有谭霞在乡镇医院忙碌地治病救人的身影为证。

这一切，都源于，一个师者与一个濒临失学的孩子最初的相遇。

所有美好的遇见，都是一切美好的开始。

刘华兵：仰望

他，从医十多年，始终坚守在治病救人一线，秉承救死扶伤的天职，视病人如亲人，视事业如生命。"健康所系，性命相托，作为医生，半点马虎不得。""一个医生，只有从内心里尊重病人，才能对病人有耐心。"一句句朴实的话语诠释着一颗博爱的医者仁心。

紫阳县第二届敬业奉献道德模范　刘华兵

十多年行走在患者中间，你亲眼看见过病人借来看病的钱，被人无情地偷走。

面对一个个急切的表情，你不能直呼其名，长期以数字相称。不能让万物的顺序被痛苦的心情打乱，也就学会了谅解家属的脚步匆忙和焦急而无力的神态。

谅解了他们在病房急躁地进出，把你的日常当作包治百病的药丸，用渴盼的大口胡乱地吞服。

你一直鼓励不明真相的病人，坚持住，忍住疼痛，就像一小袋貌似感冒灵的冲剂，或许还没有完全发挥药效，但，已经走在消除病灶的路上。

你深谙医理，知道骨折、软组织挫伤等常见病症比心病要好

得快，所以，微笑就成为你自己的家传秘方，并且屡试不爽。

简单的动作就是缝合伤口，不让生病的部位再度扩散，这是治标。更有深意的行为一定是净化血液，过滤掉一不小心掺杂其中的杂质，你说的，这叫治本。

如果还有更深入的行为，那就是分析缘由，把病变入侵的路径切断。

所有病人面对病变，面对术后的康复过程，每天的必修课，就是面对你正在走着的道路——仰望。

王宗伟：四招

用真情化解矛盾，用真诚温暖群众。顶烈日，冒酷暑，走泥泞，披风霜，让困顿在贫困线上的村民们看到希望的曙光。以一个乡镇基层干部服务群众的无悔坚守，把党和政府的关怀，如阳光、如雨露般洒遍每一个干涸的心田，带给在贫困线上挣扎的乡亲们满面春光。

紫阳县第二届敬业奉献道德模范　王宗伟

第一招：预备，气沉丹田，马步，凝心聚力

从本质上来说，这算不得一个招式。准确地说，是准备动作，打基础的预备式。

健全班子，从倾听民意入手，扎根村民的心头，把浮躁之气逼出体内，把为民服务的本意灌注进每一个步调里。

上下牵线，手势所指，方向为四十八户吃水难的群众，很快，一百五十八户的五百余人告别了吃水难，动作干净利落。

扫除连接村民道路的障碍，断头路终成幸福路、连心桥。村民皆大欢喜，路上欢声笑语。

语言，也是动作之一。四次劝说互为邻居的王某、田某，动之

以情，晓之以理，终于打开积怨多年的心结。调解各类民事纠纷达二十余起。投入真情，为特困户学子解决上学难，看望留守老人；代办村民所有的相关证件，方便村民办事，便民利民省费用。

"有困难找王宗伟"已成为村民的口头禅。

第二招：太极拳，整治村容村貌

河流洗不干净拖把，主要是没有洗净内心污垢的动力。

倡导"保护生态，爱我家园"，也就成为必然。签订村规民约、承诺书，就如同晨练，让习惯贯穿生活的每一个细节，或者生命的始终。

领头开展全民垃圾清理大扫除行动，只是催化剂。

建垃圾池十三个，垃圾定点投放、清运制度，都是规定动作的必然产物。

整改污水排放设施，环境治理是日常管理，也是日常功课。

制作宣传标语，也只是对有可能遗忘的人善意提醒。

当干净整洁、富有生气的村容村貌呈现在人们面前，昔日的沉寂迎来了一片片久违的欢声笑语。

第三招：重拳：精准扶贫，安居先行

贫困，地质灾害频发，信息闭塞，是村庄的顽疾。

精准扶贫，安居先行，才是脱贫攻坚的敲门砖。

所以必须下狠手，出重拳，建安置点。从此，宣传动员、上级计划、项目预测、协调征地、筹集资金、工程招标，环环相扣。一招一式，虎虎生风，白天黑夜、双休日、节假日，都在忙碌之中。

身患急性重症胰腺疾病，也没有停下脚步。

一个个重拳，稳、准、狠，重重地击打到问题要害处，除掉了一个个阻挡这座占地四十亩、一百三十八户安身立命之所大厦建设步伐的障碍。

第四招：组合拳，多头并举助增收

组合拳，不是乱拳，有主旨。

核心是：一村一品，一户一策。

第一拳，探路拳。将一千五百余亩茶园，变粗放管理为精细化管理，变粗加工为精加工生产。三年举办茶叶生产技术培训五场次，四百名村民学习茶叶栽培、管理、采摘、加工、储藏、营销等技术，培植茶叶加工厂七家。茶叶产值由 2012 年的六百余万元猛增到现在的一千余万元，茶叶已发展成为双胜村名副其实的拳头产业。

第二拳，借力政府费技能培训。举办了两期一百一十余人参加的中式烹饪培训班，动员脱贫户四十余人参加"修脚师"技能培训，成功就业，每人年收入达四万至八万元。

第三拳，培育香菇产业大户五家，年生产规模达十五万袋。

接下来的动作，就是让全村猪、牛、羊等传统养殖产业开始回暖，使增收成为村组村民们热议的主题，使村民主动伸出双拳击打贫困的根部，达到治愈贫困的目的。

金汉萍：一个师者的日常及其他

"老老实实做人，认认真真做事"是你的座右铭。你把满腔热情倾注到每一个孩子身上，把理想之根扎在三尺讲台上，用宽广的心胸、博大的师爱、不懈的追求和无私的奉献谱写着自己平凡而绚丽的人生。在平凡的岗位上，你用超乎常人的坚忍，铸就无私的丰碑。这是操守，是品格，是人生境界。

紫阳县第二届敬业奉献道德模范　金汉萍

日常：通常是，早上别人还在熟睡时，你就起床给自己的孩子检查作业，纠正他错误的倾斜度，然后准备早餐，适当补充点出发的能量。夜深人静的时候仍在昏暗的灯光下备课、批阅作业，为他人的孩子改正步调不一的毛病，给有些杂乱的步伐寻找矫正的良方。

每天早晨提前十分钟进教室教读英语单词，检查学生背诵、家庭作业——查看庄稼的长势，偶尔拔出几株杂草，扔出窗外。下午提前二十分钟进教室辅导学生做作业，给差生做思想工作，讲解疑难问题，教学生学习英语的方法——为长势缓慢的小苗加点营养液，补充些许钙质。

从一条红色的河流出发，沿着赤胆忠心的流向，扶起跌倒的孩子，纠正偏离航道的歪斜的翅膀。

这样的日常，总和是二十年的时光。

目标：把"上好平常的每一节课"当作自己每天的小目标。如果把教师一生幸福的总目标看作被除数，而把每一个小目标看作是除数的话，总目标越大，小步骤就会被越来越多地分解到既充满趣味又拓宽眼界的课堂里。

插曲：2008年，带着血管狭窄等疾病，坚持教学，晕倒在课堂上，第三天又拖着疲惫的身子走进教室。2011年，在教学中晕倒，没有被疾病吓倒。2013年，又一次倒在了讲台上，在西京医院躺了二十多天，每天想的都是学生。坚持每天给学生发短信布置学习任务，了解学生的学习情况。无数次短暂的倒下，换来无数矫健的鸟儿飞向更高的枝头。

结果：数不清的大学录取通知书，墙壁上贴不下的奖状，抽屉里装不下的荣誉证书。

陈少仁：简单的重复

宁愿一人脏，换来万家洁。清晨你用弓形的背影迎接朝阳，夜晚拖着疲惫的身体送走城市的喧嚣。你用日复一日的行动，简单而又机械的重复劳作，呵护着每寸洁净。紫阳因你而美丽。

紫阳县第二届敬业奉献道德模范　陈少仁

真的很卑微，每天都是这样简单的重复。

左手握簸箕，右手挥动笤帚，将行人一不小心遗落的瓜子皮、碎纸屑、烟头，还有无心犯下的小错误，都归置到别人看不见的角落里。

从日出到日落，从暖春到寒冬，用笤帚丈量时间的长短，收拾所有人无心的过失，用单薄的身影矫正行为的歪斜。

有时，会弯腰，做弓状，射落汗滴，击中生活的靶心。

从通城宾馆至紫乐公寓二单元，在县城区主干道的繁华中穿梭。商铺林立，众多焦虑的表情，在狭窄的空间里追击。疾速而过的车影，都与你有关又无关。

盛夏酷暑，数九寒天，凌晨四点半起床，五点钟到岗，开始用干净的内心用力除去街道的污垢。晚上十点回家，年复一年，日复一日。八年，从未间断，一个闪烁的黄马甲，用汗水擦拭街道的面容。

"说老实话，办老实事，做老实人。光做好事，不做坏事。"

面对一个个失主焦急的表情，还有失而复得的欣喜，你是那么坦然；面对感激，也不为所动。

所以，这些平凡的笑脸走进大众的视野，走上中央电视台的荧屏，你还是那么坦然，那么谦逊。

无悔的笑脸是这个城市最美的名片。

武进谷：以子之名

他把敬老院当家一样打理，把老人当父母一样孝敬；把一次选择，当作一生追求；把平凡的工作，做得极致完美。在平凡的岗位上，用超乎常人的坚忍，铸就无私的丰碑。他把爱和温暖如阳光雨露般洒遍每一个老人的心中。

紫阳县第二届敬业奉献道德模范　武进谷

以爱之名，你把自己定位为他们的儿子。

我只想说说你的吝啬与大方。

一年三百六十五天，你只给了年近八旬的老父亲以及其他的家人从腊月二十九到大年初三的五天，剩下的三百六十天都给了与你没有任何血缘关系的七十三位"五保"老人。

你对自己节衣缩食，可是为了这些"五保"老人你多方"化缘"，竭力让他们吃得好、穿得暖。一日三餐每天不重复，天天都有新花样。

接下来说说细节，你如儿子一般，把照顾每一个老人的生活都当作日常。嘘寒问暖是家常，看病是经常。比如以一个儿子的身份陪伴在床前，比如为掉牙的老人装好假牙，给失去锋利的地盘寻找咀嚼生活的利器。

　　洗脚、修面、理发、定期给老人检查身体是必修课，还要备上百年之后的棺椁。为夕阳恋牵一根幸福的红线，都是意外收获。

　　更不用说，每天以老人开心的笑脸作为下饭菜，是你的一种别样的享受，所以长情的陪伴，换来的是绝对的信任。

　　让老人更为欣慰的，是看到你为逝去的孤寡老人披麻戴孝，送他们魂归故土的孝子身影。

曾朝和：叶子的恩惠

　　当各种失信欺诈行为在我们身边发生时，我们在心底呼唤诚信。说出诚信两个字简单，一个人始终坚持诚实守信、信誉立业则难能可贵。四十多年来，凭着对诚信的坚守，他用自己的言行诠释了诚信的内涵，创建了紫阳县历史最悠久、品牌最响亮的企业，为行业树立了标杆。

紫阳县第二届诚实守信道德模范　曾朝和

　　选择，是一门学问。

　　根正，长势良好，以苛刻的眼光审视一株小苗未来的长势，需要虔诚之心。长时间的培育，是必不可少的前提。

　　一切急功近利的行为，都将被排斥在程序之外。

　　比如，化肥、农药的侵蚀。

　　钞票的围攻。

　　任凭舞姿翩翩，也不附和一个动作。

　　过程，按照设定的程序，按部就班，不偷工减料，不偷奸耍滑，香味，就争先恐后地溢出来了。香味浓、耐冲泡，就成为必然，出现馋人的嫩苞谷香味或熟板栗香味，也不为过。香透四十余年的味蕾，就顺理成章。

寻求标签与品质的对等，绝对是一生的功课，需要用铁律来践行，用"死脑筋"来捍卫。

流动的茶香，只有根植于信赖的心头；"和平"，成为诚信的放心茶，免检品，才能香飘四野。

深谙树木必须根植土壤之中的道理，摄取充足的水分和营养，才能蓬勃茂盛。

让百姓得到这一片片葱茏的叶子所带来的恩惠，也就能收获铺天盖地的绿意，外加比信赖更加深远的感恩。

相比于无数接踵而至的大奖证书，最高的褒奖一定是老百姓的口碑，以及对一生坚守的诚信的消费。

陈磊：果敢的解释

在岁月的风中，为了追寻正义，奋力奔跑。当发现窃贼逃窜时，一个九〇后城管队员用闪电般的速度抓住邪恶的尾巴，用毫无畏惧的本色留住真善美。经历生与死的考验，却依然无怨无悔。他是正义的化身，是平安的卫士，更是老百姓生命安全和财产安全的守护神。

紫阳县第二届见义勇为道德模范　陈磊

九〇后，改革开放经济成果的享用者，义务教育和独生子女政策的受惠者，互联网和手机终端时代的使用者。

这，是九〇后的标签。

你也许是，但我肯定地说，你不全是。

你有另一个标签——退伍军人。你严谨务实，听从指挥，服从安排。

面对罪恶的气息悄然侵入温柔的街道，你，风一般的迅疾，不由自主地在风中飞奔。

以正义之姿，果断地斩断伸向幸福的黑手，把可恶的黑暗斩钉截铁地丢进垃圾桶。

此时，和煦的天空稍微打了个盹儿，你就与生命展开了又一场搏斗。

罪恶的锋芒扎了一下你坚强的心脏，这，需要心肺复苏术，才能扶正见义勇为这个词语的写法。

需要用最善良的初心，才能阻止一切滋生罪恶的土壤。

所以，心搏骤停、缺氧缺血、器官功能障碍、短暂失忆，都会组织一切果敢的片段对那个飘逸的姿势进行最完美的复原与回忆。

生命的片段，也不是只有果敢。

果敢，不是唯一的解释。

望他乡

举杯，明月不请自来。

对影，衣袂飘飘。

杯中闪耀，谁的影子，铺展在无边疆场。

2017 年 12 月 31 日，在 Z123 列车上

从故乡出发，转换一种巡视时光的角度，在 2017 年的最末端，随急不可耐的车轮去找寻幸福或者安放牵挂。

寒风有点冷漠，有点刻薄，有点与期望作对，这多少有些左手和右手在人生的棋局上捉对厮杀的意味。

谁能取胜，或者占上风，都无法预料。

其实，寒风的风向就像多角度发散的几何体，在寻找温暖的途中，最初的梦想与无可奈何的结局有多少交集，或者永远不会重合，也都未必可知。

就像此时，列车不知何时才能到达终点。

不知，也无法知道，远离家乡的远方模样，会不会如梦想一样，饱满，有温度。

唯一可知的如密码般循序渐进的数列，一定可以解释那些坚定的脚步。

不信，你随我读，走，一，二，三。

起点，紫阳，或者故乡，叫家乡也可以。

暂且，或者临时的终点，成都，或者叫诗歌的远方。

时间跨越两个年度，从 2017 出发，到达 2018，从结束走向开始，也可以说，从冬天走向春天。

2018年初春，在绵阳东津大桥河堤散步

左脚急不可耐，旁边滚滚的车流牵扯的。

右脚静静蓄势，脚下缓缓的流水暗示的。

寒风中，躯体何去何从？

速度，无关紧要。

汹涌与平静，

与方向关联度有多大？

如果，原路返回，所有事物的流程是否完全发生反转？

左脚静谧如深冬的夜空，见证斗转星移。

右脚紧张如激烈的车道，迈进滚滚红尘。

前路与归途，哪一条路径会失去方向？哪一条路径会回归本真，或者徐徐返回内心？

事物突出的棱角，超过一切有关命运的核心表面的部分，

向哪一个纬度铺排？

寒风不知，喧嚣不知。

耳语无言，流水无语。

也许，眨着深意无边的暧昧的眼神，擦拭锈迹斑斑的时光的越王楼会有答案。

面对越王楼，画蛇，添足

不敢轻易下笔，与不敢轻易抬脚、登楼，心情多少有些近似。

阳光与唐代显庆年间的炽热程度不相上下，甚至有过之而无不及。这感觉不用检验，结论早已注定。

我的徘徊不定，并不是毫无来由。有楼的高度与霸气不由自主地罩住了我的狂妄，当然，还有那些满楼辉煌的诗篇，无边的意境，深邃的想象。这些千古传诵的诗句，所带来的是我无法企及的光芒。

所有的动机天差地别。越王，你怀揣天下，用半生心力构筑了一座让绵州百姓富庶的高地。而我，仅仅为了午餐的面包，或者寻找一个完整的家庭。

所有这些事物的表象，早已分辨不清，是我走进了你的过去，还是你定制了我的未来？

至于这些璀璨的诗句，早已入志，躺在历史深处，嘲笑我的不自量力。

笑声有点高深莫测，但绝无飞扬跋扈的浅薄。

写到这里，本来就想打住，但感觉还有点心里话想说。那就，再画蛇添足。

请原谅我有些恐高，无法在你每一层次的为政理念里做过多

的停留。我本来就是一介平民，在地面匍匐前进，没有多少高度的概念。

在一层至五层之间行走，知道一个叫阁的建筑概念，左右空间充斥着以忠孝为本、仁义为先的初衷，这与我的想法有一点相似。

再上，十层到十三层就是楼了，应该是事物主体，所以兴水利，扶农商，是过好日常生活的前提。这与我的亲人在你不远处奔波、忙碌，做着一些力所能及的体力活，大致相同。

十五层是亭，亭顶似塔，二层南北两方向是殿，各层有外郭，各个部件各司其职，昭示天下，教化百姓，融合各族，容社会风气之变。

阁、楼、亭、殿、廊、塔，融为一体，相互谅解，彼此成全。

诗、词、歌、赋，琳琅满目，各自光彩夺目，仅凭作者的姓名就让人敬畏三分。

既然，我的诗句不能和你们的才气媲美，那就直白地表达我简单的夙愿。

让座基镇守住我们一生平安，这个简单的幸福。

让飞翔的檐角挂住百姓健康，这个平凡的祈求。

藏地酒歌

一

我知道我的勇敢与你的恣惠有关，与你胆大包天的豪放脱不了干系。我的一切神魂颠倒、撕心裂肺都与你的波涛汹涌纠缠不清，相辅相成。

走在甘南的大地上，也要借助一朵苏鲁花的骨气和你与命运搏斗的勇气相互搀扶，就这么走着，在甘南的草地上徜徉，在洮河的浪花里舞蹈。脚步再趔趄，也要在你醇厚缠绵的藏歌韵律中翻江倒海，也要激起飞溅藏地的盛开激情的花朵，也要奋力追逐箭镞一般飞逝的黄昏日暮，为你的忧愁或者哀怨打一个结。

藏王，你对着月光举过头顶的这杯青稞酒的化身，与我心中的玉液琼浆何等相似。

举杯，明月不请自来。

对影，衣袂飘飘。

杯中闪耀，谁的影子，铺展在无边疆场。

这杯中映现的无论是一滴刀光剑影，还是悱恻缠绵，哂摸出的都是你胸怀天下之广博、对藏区子民宽广的挚爱。

这与我对你无比虔诚的崇敬是那么的高度吻合！

二

藏王，你要请我喝酒，用藏区扎西汉子的坚毅与果敢作为原料，盛于世事无常的容器里，蒸馏，提纯，最好加点传说中的佐料，或者加上悠悠流淌的美丽卓玛们悲情的眼泪。不要怕会把我醉倒，也不必担心，因为我情愿陶醉在你粗犷博大的豪情与柔情里，做着似是而非的黄粱美梦，梦中也可以用你励志的情结来修正我的人生败笔！

唱起这杯中日月，通红，青紫，醉眼迷离，不知今夕何年。路过甘南，一个烧制彩陶、锻造文明的路口，把我与生俱来的好奇暴露无遗。

吼起这壶中乾坤，平静，激荡，岁月浪花中的漂流瓶，多少企慕和平、传承和平与和谐的秘密被我宿醉的神经，彻头彻尾地泄露。

岁月遗留的节拍，能不能激起洮河岸边的一朵浪花？能不能把我的梦境渐渐擦亮？

你不知道，胆小的我，只能凭借你赋予的激情，把我对你的无边青睐轻轻表达。

此刻，神经开始造反，那就
再来一杯。

三

你看那要落、未落、将落的落日，昏黄得可怕，挂在草原的边缘。

佛光提着渴望的脑袋想把最后的宁静守住，却被狂风暴雨的蹴蹄碾碎。我知道，你，那一片孤独得像白雪一样的剑光，会斩断所有阴谋的尾巴，会扭转草原的风向，会映衬藏民渴望安详的目光，会用惨白的孤独托举着旭日缓缓升起。

说起这些，像说起日常故事那样把史诗般的细节如无边蔓延的野草缓缓铺开，像流淌着源源不断的激情的洮河一样绵长，或者像滋生豪情的酒分子一样疯狂。

兄弟，今夜，我就着孤独，对着我思绪中无处不在的你的魂魄，独自喝着你无比熟悉的藏王宴。

也请你忍着伤痛，陪我喝一杯。

今夜，追兵必须逃离山岗。兄弟，你可以胆大一回，在洮河边枕涛而饮，过一次江，喝他一杯。酒过三巡，可以不动一兵一卒，抓住黑暗或者阴谋的尾巴，把它碎尸万段，把苦难狠狠地踩在脚下，甚至深埋在地狱深处。别担心，如果还有多余的酒精，还可以顺便清洗日渐发炎的伤口。

今夜，我也可以胆大包天，把这碗汹涌着波澜壮阔的革命史的"大海"一饮而尽。我的心必须干干净净，喝干了苦楚，就没有战乱，这样，我的酒杯对面也就没有了敌人。

也就是说，今夜，我没有对手，所以我必须自斟自饮，为我的孤独谢罪。

四

我只是你面前匆匆过客中的一个，探寻的脚步略显无助。我

更是一个容易沉醉的人，你随意抛洒出的一滴酒分子，就会让我长睡不醒。

我知道你一定会邀我狂饮，所以我，闻酒香而动，瞬间醒来，一腔热血从一个叫洮砚的乡村腾空而起。

带上满是创伤的星空，带上多年来被排斥的屈辱命运。

我这个来自陕南小城的诗人，被你这个苦难缠身的民族带领着，以准确无误的路线，抵达你的心房。

瞬间的幸福刺激得我手舞足蹈。

让我感觉你的气象并不神秘，我的癫狂之举之所以肆意无拘，是因为我一直未曾安葬的梦境正在返乡的路上。

而终极意义的幸福早已经超越生命的尽头，作为一个诗人，恕我直言，你的韵脚不是我的哀鸣就一定是我的赞歌！

但是呼吸告诉我不能抛弃自己的味道。

我已彻头彻尾地爱上了这杯搁置在你心中、我心中、千百万藏民心中神圣得无人敢随意品尝的，高尚无比的——藏王宴。

风雨宝箴塞

推开虚掩时光的宅门，一扇门迎接耕作归来的阿爸，一扇门欢送手持刺向阴谋诡计的长矛的出征的勇士。

最好的防御是出击，出击，出击。

当硝烟还未散尽，炊烟已然袅袅。

这个世界太过纷繁，一不小心就会陷入欲望的圈套，必须构筑善念的堡垒，那么柔软、炙热，那么坚不可摧。铜墙铁壁，百毒不侵。

后退，意味着软弱，意味着挨打，所以，必须挥舞拳头，向一切入侵者宣战。所以，必须坚定地站立，立足丰沃的泥土，挺直腰杆，昂首阔步，大踏步迈向朝阳。

当一切哀求失去力量，唯有拳头，或者长矛，才能寻求片刻的安宁，用武器的光泽擦亮乌云密布的天空。

何时，宝箴塞的天空只见炊烟，不见烽烟？

为战争而生。

为永恒、为至爱的亲人而坚守。

为和谐而沉默，却把一切大爱的情怀诉说。

实际上，你什么都没有说。

却把进退自如的法则演绎得淋漓尽致。

假假真真登台易，完完美美退场难。有些故事，还没有开场就已经落幕，有些情节永远没有开端，却一直存在于生命的细节里。

你一直用高深莫测的眼神告诉我的兄弟姐妹，有关待人接物的处事方式：

阿妹，你要勤劳耕作，日出而作，日落而息，开门迎接远方的贵宾，献上热情酿造的美酒，让远方的客人沉浸在热情的气息里。

阿哥，你要背靠坚实的宅院和寨体，手握锋利的刺刀，奋力刺向来犯的敌人，刺向一切来犯的贪欲和随时出现的蟊贼与豺狼！

过新市古镇

人家两岸柳阴边，出得门来便入船。不是全无最佳处，何窗何户不清妍。

——杨万里《舟过德清》

以前，我并不知道你，我只是作为一个长者，目送一个与我有关又无关的女子，从陕南，汉水之滨，一大步就迈进这梦幻的江南水乡，遁入这自己亲手拨开的无边浩渺的江南水域。

目睹她以一副朴素的面孔深入古刹、小桥、流水、深巷，完成对江南水乡表面性状的描摹，又以一个探究者的姿态用一生的时光完成对江南的坚忍与柔情的领悟。

答案，在何处？

河道如网，水街相依，是江南人缜密的心思，也是错综复杂的事象的和谐统一。纵横的溪塘穿街傍市，是小镇百姓追求的闲适与自由。溪上众桥飞跨，是小镇坚硬的骨骼与绿树成荫的柔情水乳交融。河中舟楫不绝，市上笑语不断，这不也是江南人拼搏乐观豁达的昭示？

迎圣桥，优雅地站立在钟楼拨弄的琴弦上，弹奏江南的余韵，或者千年迁徙跋涉的赞歌。永远停顿的汀洲，像极了水乡的一个

浓墨重彩的音阶。

千年古刹，叫觉海寺，或者大唐兴善寺，有那么重要吗？一如水乡人向善的祈愿已然在这片土地上生根驻扎，纵然寺庙几经损毁，乡民心中的善念永远不倒。

我那若隐若现的女子，当你新婚之时，携如意郎君跨过太平桥。战火焚烧过的那栅栏旁坚强站立的石狮，那坚毅的眼神和意志会守护这方土地永远吉祥、太平。这，你不必担心。

如果你再信步登上乐安港边的状元桥，穿越幽深的厅堂，听隐隐约约传来的诵读经卷的韵律，你一定能阅尽无数吴越男儿状元及第、金榜题名的得意。

当然，少不了清明蚕花庙会上，农妇怀揣蚕种，头插各式蚕花，轧蚕花的殷切期盼，点缀着佛教信徒的虔诚，也映衬着五谷丰登的辛勤劳作。

为何这般沉醉？

你看，青苔遍布的石阶上，两个手持雨伞的红衣女子，她们在艳羡谁的幸福，这般伤心欲绝？我在半遮半掩的阁楼上读你无边的困惑，潺湲流淌的河水在看你的无助，还是在看我的赞叹？

我只是你烟雨蒙蒙中匆匆的过客，注定不会是在湿漉漉的相思中为你驻守的雕塑，不会是在石拱桥上把守望铸成永恒的那个人。也许你不会料到，我仅仅是循环往复的忘情水中一闪而过的一尾游鱼，在你心湖中奋力前行的姿势，能不能激起你心中的一朵水花？若不能与你的桨声为伍，不能与你的灯影做伴，你能不能忆起我杂乱无序的脚步声？能不能虚掩半开的门扉，拨动大地的琴弦为我的好奇伴奏？

在梦中，在月河，和你相遇

我知道，这不是事实，这只是我的祈愿

渴望在这样一个月朗星稀的夜晚，与你相遇在月河的街角

可以不带任何牵挂，不带任何纷扰

不过，你可以头戴丝巾，我也可以买一把油纸伞

不一定马上撑开，让我们都静静地等

等细雨霏霏，把你的或者我的不可言说的秘密

都洒满绵延的充满回忆的石板小径

然后，我们再去月河，在这条充满爱情传奇的长河里

划起爱的双桨

我在船头，你在船尾

不一定要喊口令，我相信，前所未有的默契

会让我们激起最开心的浪花

会让波涛泛起最动情的光晕

不管别人爱情的倒影如何迷人，如何激起爱的惊涛骇浪

我们只要微微荡起的那一圈涟漪

也许，你会说，这多么平淡

可是，面对苍白的月色，面对不同命运轨迹的你我

就连这么一个微小的心愿都显得那么艰难

那么弥足珍贵，那么遥不可及

就像月夜中，月河里有关悠悠过往的倒影

那么易碎，那么不可捉摸

所以，除了和你在月河相遇，没有别的选择

亲爱的，让我们在月光里住下

亲爱的，这次，我要带你

在嘉兴月河边的客栈里

在幸福而忧伤的月光里

在忧伤而幸福的星光里

住下

让我们枕着一泓涛声，入眠

让无边月色映照呼吸，打鼾

把河面，桨声灯影里的细节想象成

我们起伏不定的爱情

梦中，可以轰轰烈烈

甚至，可以海枯石烂

或者，可能和风细雨

也许，可能缠绵悱恻

不过，我要告诉你的是，大多时候

我们要面对的是熙熙攘攘的人群

沿街起伏不定的叫卖声

既然不能逃避俗世的纠缠

那就让粽子、酱鸭、糕点、酥饼的香气

喂饱我们饥饿的爱情

让丝绸、画廊、雕塑、玉器、染坊的绚烂

为我们淳朴的相遇增添一丝色彩

只要不在三河三街的纵横交错里

迷失我们爱情的方向

只要在京杭大运河、外月河、内月河

或者中基路、坛弄、秀水兜街

找到适合安放我们爱情的坐标

就可以

月河，月亮遗失在运河的影子

河抱城，如月

我抱你，如心

这遗落在人间，大运河畔绝美爱情的情节

是嫦娥飘飘的衣袂，还是吴刚转身的辛酸泪

一如既往的月色，挤出一丝

暧昧的缝隙，让我为你举杯

明月会不请自来

这是让我沉醉于此的理由

此时的月河，许多俗事隐居在乌云背面

阻碍你我相会的羁绊纷纷退避三舍

没有市侩的喧嚣，也没有叫卖爱情的借口

一切归零，万籁俱寂，万物只是星与月

空旷的月河，有足够的空间让我们的

爱情隆重上演，因为，放眼四顾

无边璀璨的星空

只住着你和我

当然更要感谢这一河有些

薄凉的月色

可以温暖地

爱我

在宽窄巷子穿行

当我慕市井之名，以步步为营、循序渐进之姿，深入寻找所谓达官贵人、平民百姓的生活轨迹的时候，才发现，原来，一切有关命运的奥秘在宽与窄的争论面前，都失去了意义。

熙熙攘攘的生活场，在一切还没来得及涉足之前，早已人满为患，水泄不通。

丈量生活宽度的尺子早已更换了计量单位。

旧时光的日暮又怎能计算出初升时光的长短？

宽巷子，门扉紧闭，容不下一丝探寻的目光。

窄巷子，敞开心怀，任由无边的闲适大汇聚。

宽坐，没有我的座位，那就只能逃离。

窄路，不去刻意钻营，无欲一定心宽。

这些，双眼井，一定看在眼里，记在心里。所以在失去宽窄意义的街巷里，突围，是最好的选择。

与其纠结宽敞与狭窄，不如远离宽与窄的争执。

遁入一世繁华的外围，坐在慵懒的井巷子，学双眼井睁大双眼，把一切簇拥和奔波看淡。井边，任凭它张大嘴巴，露出惊讶的表情，惊愕我奔波的倦容，一如侄女满脸的不解。

如果还有时间，我想轻轻叩开身后那间不知名诊所虚掩的门

扉，找到那个遍布学问的胡须老中医。问一问他，为何疲惫的我，已然提不起一桶井水，激不起一点生活的微澜。

哪怕，汲起一丝水花，为身后逐渐枯萎的毛竹增添一点养分，只要不让它丧失挺拔之姿，逐渐恢复葱郁就可以。

在武侯祠，遇见桃园

　　我也是三次路过你，才有幸与你谋面。

　　第一次，与你擦肩而过，主要是我真不知道你们的故事，被别有用心之人在此复制。

　　第二次，我知道有关你们三个人的影子，或者类似的故事在我身边上演，我以为没有什么新意，遂转身离去。

　　第三次，是与你们真正的邂逅，过程也是一波三折，我和家人经过几道半掩半开的门扉，穿过几次密布的刀光剑影，才与你们终有一面之缘。

　　毫不犹豫，我们决定在此与你们合影，装束不同，目光内涵也不尽相同。

　　无法比拟的不仅仅是你们耳熟能详的氛围，就连我们聚会于此的目的也无法考证。

　　我所能叙述的是，两个画面在一个取景框里相遇，各自的心思有可能和谐统一。

　　言外之意是，历史和现实绝无可能完美融合，这是不变的真理。

　　面对神情各异的表情，我真猜不出你们各自当时真实的想法，更无法揣摩此时你们的心思，是不是还如当初那么纯粹。

　　是的，故事的原产地，当初的场景并不是这里，可是这又有什么关系呢？

　　世间所有真挚的情谊，真的没有必要追究源头。

　　就像此时，我和放下一切的家人赶来与你相会，就是为了寻找家的感觉。

　　所以，世间一切值得珍惜的美好，都在各自的心里。

　　没有时间的约束，没有距离的限制。

夜行桥儿沟

这么大一串冰糖葫芦，躺在白石河岸边。

那个贯穿始终的竹签是水做的，名叫长春涧。

不同的部位串着不同的葫芦，横跨脚步不能逾越的障碍。无数个不同的出发点，需要相同的跨越方式，才能到达不同的彼岸，这是一以贯之的定数。

跨越的载体一定是叫长春、观澜、邀月、临江的四兄弟，身体力行，贯通未知的奥秘。

比如远道而来的脚步，把汗水洒满山间，置田产，开药铺，用汗水医治贫穷。

许多先知先觉埋伏在桥头，以仁厚之心，击败未知的厄运。远望的姿势，能看见深入历史轨迹的路线。

我只是看客，没有需要跨越的障碍，只是欣赏匆匆背影和他们努力的姿势。

只对相同颜色的灯光和不同家训的中心思想行注目礼。

更多时候，对一沟两岸的遍地的花卉感兴趣，为它们多姿的色彩鼓掌。

最多，能在脚步稍感疲惫口渴之际，停一下，用手心残存的温度捧一口龙井、香泉、温泉、福泉里的水，滋润干裂的嘴唇，然后继续上路。

偶遇一个人打鸟

阳光有点血红，我还没搞明白，这些变异的来源。

裸露的梧桐，重复着无可奈何的孤独。叶子正在被有些残忍的白光抽取逐渐丧失的水分。

一条河，从此断流？

我从笔直的树干旁走过，脚步不紧不慢。

甚至对接下来的突发事件没有丝毫准备。

真的，一双疲惫的翅膀，吃力地挂住毫无依附的无助。

一道凶恶的弧线，迅疾地扑向了还没停稳的栖息。

翅膀无力地扑棱了一下，我的心也紧了一下。

那个遭遇的影子还在挣扎，将死未死。

我已在心里把这道弧线，或者叫作预谋的姿势，

在空中，杀死一千次，

一万次。

想起那一地的月光

围攻我的，一定是

汹涌，澎湃，毫无防备

且没有半点预兆的大海

四面合围

不，是八面的来风

哦，也不是，是从所有的

方向入侵，把我温馨的

浪漫的，苦难深重的

凤凰涅槃般的

往事，一一梳理，一一翻腾

那么充满仪式感，那么庄重

你不知道，此时

我已无力继续

这苍凉如水的叙说

握住无以言说的悲凉

握不住支离破碎的愿景

再写一首月光诗

那晚的月光，真的有点潮湿，我，不撒谎

月光不知何时，卸下了不情愿的光芒，还有对楼阁的爱意

拥抱着大片大片的充满寒冷的松涛

不知所措，面带歉意，甚至，急剧下降的热度

不可避免的凉意，相互倾心，魂魄相依

又肝胆相照，就这样被辉煌比喻多时

心怀不轨之人，想要寻找自己的位置

以隐秘的手段测试一个人在大众眼里的分量

多少有些词不达意，也不能自圆其说

似乎，一切都是多余

月已高悬，一切结局早已了然于心

其实，真的不必浪费心机，有这闲心

不如，还是仰望一下这空前圆满的

月亮，因为，一切顺从命运轨迹的

动作，都会得到祝福

早春遇雪

那迫不及待的春姑娘把怀春的心事敞开，那些寻找浪漫樱花的脚步把我满怀希冀的神经绷紧！

藏得很深的绿意正用积攒了整个冬天的力量拱动这冰封的土地。

一切看似那么顺理成章。

在情理之中，又在意料之外。

我还来不及回过神来，无边铺排的月光就穿越了白昼，来到我眼中。

惨白的银水，汹涌而澎湃，无边无际地漫延着我的旅行。

脚步所及之处，岁月的苍白总是比我的思恋提前一分钟到达。

就连忧伤也比我的怀念提前一秒钟抵达。

这无边的无奈好似水银泻地，疯狂入侵，为极速奔跑的车轮带路，它总是跑在我期盼的前头。

为我四散逃窜的爱情开路，为我欲语泪先流的无助寻找悲情的注脚。

也许，看似有多个出口，却已是注定无路可逃。

因为无论我走哪条路，都有你鲜活的影子，在离我不远处的前方等着我！

方位

　　清晨，你崭露头角的半截微笑在左，混浊比例不明的鸳鸯水在右。我在未知的迷途中无法测量激情的长度，犹如，时光都无法预测的结局。当然更不知道，要消耗多少颗晶莹的泪滴，才能检验一颗珍珠的成色。

　　正午，我在祈愿的小憩中，白日做梦，你在空旷中无动于衷，鸳鸯水在离你近离我远的桥梁下泛着白光。它看我们梦境的飘移，好似一个远古的传说，或者一个不着边际的笑话。

　　暮鼓阵阵，步步深入走向的是谁的天籁？

　　虽然，你毫不知情地走向我设置的迷宫，但也看不清你的倾向。

　　一滴望眼欲穿的露水，开始奔袭，穿越混浊与清澈的界限，何时，那霞光万丈的期许，与浩渺的坚守成为彼此欢愉的一部分！

　　我想说，我们必须接受这个与生俱来的纠结，无论清澈还是混浊稍占上风，都会是幸福与苦难在时光里的纠结。所有有关想念的命题，都将是一个无解的方程式。

　　所有徒劳的挣扎，这个艰苦的解题过程，以及在爱情这个博大的命题前消耗的时光的粉尘，都将在虚空的广场上消散。

　　你转身的那一瞬间，就是下一次相聚的无边期待的开始。之后的午夜，任由无边的渴盼在旧时光的城楼上游离，也找不到一束灯光可以安营扎寨，像这深不可测的夜色那样迷茫。

时光开始迷离起来。亲爱的，你能不能给我一个支点，让我撬起这夜色的沉寂，把疲惫和黑暗随意藏匿，不让它阻碍灯光的闪亮？

祭奠

不同目的，不同方向，男女老少都蜂拥而至，只为给生者一个交代或者慰藉。

这些忙碌，或者给生者的表演，对于一个即将彻底消失的人来说，到底有多大意义呢？

这是遍布空旷大厅的圈套所有的疑问。

烛光闪耀，明灭，摇摆不定，被门外惨烈的阳光围剿，渐渐失去水分的鲜花力不从心地护卫着渐行渐远的灵魂。

香火，偶尔闪动着一生细节的光亮，让阴阳两隔的面孔有一丝的感动。

这或许，是此刻唯一有温度的一闪而过的画面。

那么短暂。

送行的人，坐满了大厅，大声或小心翼翼地谈论着与即将远行的那个人有关或者无关的家长里短。

生怕一不小心，就触动了那根最敏感的脆弱的神经。

锣，打起来；鼓，敲起来；唢呐，吹起来。间断的几声哭喊，或者肝肠寸断。

一切表象，只能昭示即将远行的那个魂灵曾经的辉煌。

棺椁所载，只是一个相识或者不相识的感叹的面孔和聚会所带来的不是理由的理由。

　　坟茔与棺椁对峙，谁是谁的前世，谁是谁的今生？

　　窗外的桃红，炫耀着谁的人生？摇曳的李白，衬托着谁的旅途？

　　我们在祭奠谁？谁将在不远的将来、不远的远方祭奠我们？

飞翔

步履沉稳是最初的姿势，也是最初的翱翔。

云海中的虫或者鸟，也许是蝙蝠，也许是鹞鹰。

岩石中是被真相掩盖的飞奔，还是深入山体中的响箭？

多少激情可以刺穿历史的迷雾和心中的梦寐、蒙昧？

脱缰的野马，超越泥土与烟火，被欲望围困。

野花、杂乱无章的树叶，都是无法摆脱的过客。

白云，这忠贞的坐骑，任何时候都可以载我抵达——

抵达被暮色蚕食的往事。

落叶起

以什么样的姿态，盘旋于日见消瘦的天空

天色明暗不定

无法预判，叶子要以何种情愫

在自己的天地

盘旋，飞舞，滑翔，翻飞

没有运行的借口

更没有一定要有的驱动力

所以，飞，或者翔

一点都不重要

没有沉寂

就是最汹涌的澎湃

碧绿，辉煌的过程，一定是涅槃重生的程序

不需要预先设定

不需要遵规守矩

一切按照此时的心境

肆意飞

任意翔

家谱记

怀揣碎锅的铁片，义门家风的温度

始终不肯散去。

脚步丈量着有关七十二个州郡、

一百四十四个县、二百九十一个庄的深

浅不一、长短各异的乡愁。

千年龟

后土之下，不是没有充足的仁义之水。

可能，虔诚还没有找到泪如泉涌的借口。一旦所有仁厚的祈愿完成最后的集结，一切感恩的泪滴，一定会奔涌而出。

充盈的水分，润泽二百三十年快慢不一的时光，也许更久。

炊烟的坚定，站立十五世的坚忍的传递，也许更长。

不容怀疑。

三千九百余人，见证的，或者经历的生死别离，在你汪汪的泪眼中，愈加凄美的和美时光，和现在的空气成分没有一点异样。

其实，蹒跚的双脚撞开的，一定是莫须有的担心，更是一份让帝王心安的高枕无忧。

离别的泪光才能真正检测德天仁厚的宽广。

昂首四顾，守望。

我想说，你的眼里没必要泛着泪光，这些年，所有大仁大义，一直在你目光所及的地方，在你有肉的躯体里。

从未远离。

碎锅析庄

事件的发端始于公元 832 年，是春天，还是秋天，都已无从考证，义门一家落脚在这里。

天空中没有任何奇异的征兆，一切都是那样平常。混迹于多个典籍、传说里的小地名，也许被寄予了一些美好的企盼——太平乡常乐里。

村庄，门头不是太巍峨，仅供容纳一家老小忙碌的身影，别无其他。

只不过，辛勤耕读的传统从没改变，仁爱、孝义，长存心间，从未远离。

事件的转折点在宋嘉祐七年（1062）的一个天色泛白的下午。一道圣旨，把历经一十五代，三千九百余口同炊共食，上下敦睦，人无间言的和谐打破。

析庄，析庄，析……庄……

哭声与泪光交织；永不分离，仅仅成为传说的脚本。

同炊的铁锅，高悬至头顶，高过信仰的头顶和平淡的日常，祠堂的屋梁已经拴不住一个简单的梦想。

咣当一声落下，和睦的梦想随微漾的水光，泻了一地，碎成二百九十一块大小不一、无规则的向往。

紧紧围绕在一簇火焰周围，散布在火炉周围。

距离的远近，路途的长短，与团聚的心愿无关。

多少年之后，手中、心中大小不一的锅片，还一直都保留着相同的温度，刚好能温暖离家的乡愁。

舐目复明

如题所述，情节相对简单，情意绝不单一。

主人公陈乔，陈乘之独子。进士，义门九才子之一。

在外为官。生活呈绳索状，一端连接黎民，一端连接守寡在家之母骆氏。母，孤独成疾，眼睛渐次失去清晰看见事物的功能。思念之水滂沱岁月的脸庞，冲刷成沟壑状，望穿秋水，依然看不见归途中闪烁的身影。

失明的不仅仅是回家的路。

此时，秋风渐浓，思念与秋意相辅相成。

岁月做证。

陪伴是最好的孝义，眼疾不是最终症状，充其量不过是思念的出口。

再高明的御医也找不到适合的药草，也无法缓解日益加重的思念。

暖汁，或曰反哺之乳，才是最好的药方。

故此，用虔诚伴随纯净的企盼，佐以岁月清香，作为药引，加上温度十足的舌尖，抵达病变的晶体，适当加上所见所闻的故事作为日常佐料，每日重复，以两年为一疗程，随关怀之日久日益见效，方可循序渐进地痊愈，直至康复。

药方名，至孝至诚膏，或曰至仁至义液。

有效期，永恒。

醉鸽和酒

这，绝不是一个简单的动作可以诠释的。

原本就已经是琼浆佳酿。

"朗吟品陈酒，雅叙有高朋""待客开陈酒，留僧煮嫩蔬"。

人物，气氛，动作，一切都刚刚好。

没有半点做作，所以，香气馥郁，醉倒了整个山野。

这一点都不奇怪。

推杯换盏，觥筹交错间，

一片礼让、和谐之气，早已满目葱茏，何况朝野？

所以，酒香顺理成章，登堂入室，侵占皇帝的味蕾，是迟早的宿命。

这也印证了皇帝的好心情，赐鸽，赐梨，原本就是一道测试家风的命题。

所幸，陈公兢，从容作答，梨，吃之，谓，不分离。

鸽，捣碎，以和平之意念溶于经久流淌的玉液里，让三千九百余口，甚至每一个有幸一品其味的仁者，以猪鬃蘸酒，共品其味。

这味，绵延至今，从未消散。

数字义门陈

一个家族，同居三百三十二年，人丁三千九百余口，田庄三百余处。

百犬同牢，百婴待哺，异席同食，击鼓传餐，构筑着井然有序的社会理想。

醉鸽和酒，三藏阁，飞杖引泉，雁南千秋，难掩千秋书香的诗意家园。

旌表与关注同在，宋仁宗、文彦博、包拯、范师道、吕诲的诗句里饱含社稷隐忧，一曰朝野太盛，二曰将仁义之风奉为封建家庭的样板分迁各地，教化天下。

1062 年的阳春三月，义门古镇大石板街至义门的古官道上车轮滚滚、骡马腾尘，搀老携幼、肩挑背驮，沉重的脚步与自己一石一瓦建起的家园渐行渐远，与生活了一辈又一辈的土地，养育一代又一代人的故乡作别，从此，故乡已成他乡，未知的他乡将成为故乡。

队伍绵延数十里，持续几个月……

一直持续至今。

怀揣碎锅的铁片，义门家风的温度始终不肯散去。

脚步丈量着有关七十二个州郡、一百四十四个县、

二百九十一个庄的深浅不一、长短各异的乡愁。

这是人类历史上最大家族最悲壮、最壮观的大分庄、大迁徙的开始，然而有谁知道，事关合久必分的诠释，何时才会结束？

可我们是不是正走在分久必合的道路上？

击鼓传餐

车桥镇，打鼓山下，鼓声还在响起，不是奔赴战场，是就餐的号令。

鼓声响起，族人，从田间、地头，从溪边、学堂，纷纷而来。

放下农具，放下手中繁忙的农活，放下手中的针线，放下正在诵读的课本，从不同的角落，赶赴食堂，洗洗手中的灰尘，轻轻拂去短暂的疲惫。

在师傅的组织下，各取所需，填补劳作消耗的营养，纾解短暂的饥饿。

有序的集结，井井有条地完成和善的一次平铺直叙。

可以用笑声完成对鼓声的补充，用紧凑的脚步迈入温馨的殿堂。

哪怕挡住归路的大蛇，也没必要惊动，任由它缓缓蠕动，驱赶各种缘由的饥渴，自有秋风把贪念吹散。

鼓声传递的不仅仅是借以果腹的食物，更是温情的信号。

还有令世人赞叹的绵延不绝的家风。

百犬同牢

一犬不至，百犬不食，这不是传说，是在世界吉尼斯纪录里散发着人性光芒的充满温情的文字，更是人性感化的彰显与记录。

礼义为先，孝道治家，重义尚德。不是说说而已的口头禅，而是日积月累的潜移默化。

宋仁宗庆历年间，七百四十余口，每日设广席，长幼依次坐而共食。

蓄犬百条，共食一槽，一犬不至，则群犬皆不食。原有一老母犬卧于柴扉旁，脚拐，眼瞎。每晚睡于门楼之上，伴星斗，防匪人，尽其义也。老母犬不至，余犬皆不食。

御驾亲临。带来一百只肉包子（诱饵乎？）放在犬槽内，群犬呼而相聚，各衔一只包子于口中。

但见一条白犬，独步槽前，口叼两只包子走了。

（莫非传说有假？）

圣上异之。遂率人尾随其后，至一柴扉旁，见一拐脚黄犬席地而卧，白犬将肉包子丢了一个给黄犬，众犬方摇头晃脑，有滋有味地啃动嘴里的包子。

（一人食，十人香，同甘也共苦）

仁宗见状，圣心大悦，称道："真义犬也！"

义门坊之百犬牢联曰：一犬不至百犬不食牢内异物皆效义；
一吠突起百吠齐怒寨中同声共护门。

无声的犬，以默默的言行践行礼仪与关怀，用细微的目光对
争权夺利予以还击。

无往不胜。

飞杖引泉

　　事件发生在公元 832 年四月初三这天清早，义门开山祖陈旺带领全家十余口，带着迷茫，从庐山圣治峰出发，他一直不知道目的地，只知道寻找。行六十余里，到达德安县太平乡常乐里艾草坪。

　　天色已晚，现在想来，他多少忽略了路途的艰辛、无奈，不合时宜地充当了领头羊，还有未知的不确定在路边作祟，疲倦只能依路而宿，遁入泥土。

　　夜半时分，他被一束强光照醒。眼前数丈外，金光四射，灿如白昼，许多困顿突然恍然大悟，这些都不必大惊，循光而望，见一飞杖，直插平地，闪闪发光。

　　这都是一切机遇的结果。

　　此乃仙人指点？谁能料想艾草会飞速地扩充地盘，以迅雷不及掩耳之势，到处均是自己要寻找的地方。

　　拔不出的不仅仅是借以留下来的证据，事实上所有相遇的因缘，都早已注定，这一切都是留下来，等待天明的借口。

　　所以在飞杖旁伐木备料，筑屋造家，就成为必然。三天后，他就建起了一栋能安身的木屋。他所不知道的是，袅袅炊烟已成牵引后代的缰绳，只要在火塘边轻轻一扯，就能让无数后世子孙心弦一颤。再一颤，眼泪就如井水漫延。

以至于轻轻一拔就取出的飞杖，瞬间演变成永远的思乡的泉。三尺高的泉水，滋润了整个村庄，清，甜，怡人，让人们回味无穷。

穷其究竟，掘地一丈五尺，终见坚如磐石的根基，原来，这才是不绝的缘由。

仁义之水，永不枯竭，可以抵抗所有的干旱，弥补世间不小的缺憾。

清澈，汩汩流淌，也能照见所有的私心，以宽阔之姿，滋润所有自由生长的艾草。

股肉疗夫

要说故事的前半段也是按照常理发展，陈公明轩，为人笃诚忠厚，自幼好学上进，苦读诗书，二十岁中进士。

（书中自有黄金屋）

二十一岁时，娶林菊香为妻。婚后，小夫妻恩恩爱爱，举案齐眉，令人羡慕。

（书中自有颜如玉）

如诗的注脚。

然而，幸福就在这个颇有转折意味的词语里，反转。

两年的幸福和灾难的考核，互相对照。

左手上，泪滴凝结的肿瘤，把爱恋折磨得憔悴不堪。

时光缠绕的是呵护与祈求。

对爱情的诊断，或者挽救爱情的方式，一定是以有温度的血肉弥补或者更换病变的部位，无关血液和肉体组织的所有权。

实际上，只要爱着，血与肉都没有界限。

心灵所能抵达的地方都能长出娇艳的新芽。

虽不能常伴此生，泪水却是思念最好的表达。心灵相伴也是最好的幸福。

无关冰冷的牌坊，充满棱角的汉字里，弥漫着悱恻缠绵的密码。

　　洁白如玉的泪光中，充斥的不仅仅是凄美哀伤，更是时光的哀怨。

含苞稻草

三百多处田庄，碧绿盈野，一片葱茏。

田畴稻谷含苞待放，稻花飘香。绿莹莹的欢欣在心里激荡。

家长陈旭大手一挥，命所有的耕男去收割含苞的稻谷。

收割的是族人的惊讶，一门三千多口人一年的口粮，伴随着忐忑不安，把稻谷割下，晒干，上垛，苫好。

掩盖的可是未知的秘密，或者其他的不可名状的玄机？

秋天，大宋边境战事不断，形势吃紧。战马因瘟疫大量死去，战争的弦紧绷着。

马医说，马必须吃含苞的干稻草，此瘟疫才能治好。各地张贴着诏告，重金购买含苞干稻草。

稻谷收割的季节，哪里有含苞的干稻草呢？

正当朝廷上下为买不到含苞干稻草而处于愁云惨雾的氛围中，陈旭组织浩浩荡荡的车队，拉着含苞干稻草向大宋的军营走来。

义门陈的含苞干稻草拯救了大宋的战马，也挽救了日趋失利的战局。

一个家族的口粮，换来了边境百姓的安宁。

那时，大地上的阳光十分和熙。

重兴祠

清康熙七年（1668）清明节，天空有些许阴冷。

三千名武陵庄后裔的目光，伴随重回义门的脚步，一遍遍以惋惜之姿，抚摸着坍塌的义门故居的废墟，他们的惋惜之心似残砖碎瓦都碎了一地。

后裔心中的老家，寄寓依托的大厦，被岁月肢解成泥土。

义门坊昔日的秀美恢宏，在岁月的风中已成空中楼阁。

祖先们的义薄云天、高风亮节，早已成为自豪的谈资，那些散布在家谱里充满骨气的文字，泛着辉煌的光芒。

重建、重建、重建，不是作为议事日程，而是即刻付诸实践。

露宿山野，以单薄之躯对抗寒冷的侵蚀；以旺公山上繁衍不息的树木，这漫山遍野不倒的骨头作为支架，伐木拓土，架梁筑屋。

三千人，三天三夜，比迁徙的时间短暂了许多。供奉祖先的木质祠堂，比后来的钢材更坚固，坚韧长出来的殿堂，除开漂亮巍峨，就是数不清的充满传奇的牌位。

环绕久久，不肯散去的有无边的沧桑世事，还有葱郁青苔期盼的三拜九叩。

当然，主角，依然是屹立不倒的重兴祠。

永恒地站立在义门陈氏后世子孙的心中。

刻碑示后

对弈，书画，雅趣流溢的不仅仅是闲淡的老时光。

寿安堂的人群，每日的集结，除开退隐江湖的闲适，还包含对一群小苗的熏陶。

涂鸦着彩，谈笑风生。人生并没有褪色，那是对生活的另一种解读。

性情和顺，平易乐观，也不是看淡红尘，如果我说的没错，那是另一种进取与拼搏。

人在岁月中的姿势，不可能一直保持笔直，没有丝毫弯曲。歪戴帽子，身穿奇服的青春，权当日常中不小心的歪斜。

纸上落笔：大可不正，四字组合成二，智慧的训导，在和谐的风中，换来惭愧的低头。

"奇服异器莫思玩好，钱财货利莫视泥沙。"

勒于石碑，不是流于形式，应该更加深入内心。

字字箴言和散布着汗水的铜钱站成检验言行的士兵。

每一个汉字，如锋利的刀刃，解剖肆意的生活细节。

常读，反思，记住善意的警戒，往往能纠正走偏的步伐。

下诏惩贪

再郁郁葱葱的庄稼也有隐藏其中的腐烂叶子，偶有混杂于丰收稻谷中的秕子，也在所难免。

这都是繁华表象掩盖下的小概率事件。

忠孝双行，家风谨严，"枉法逆子也偶于有之"。

宋景德三年（1006），阴影中一处小错误，被火眼金睛及时发觉，暴露于阳光下，筠州田庄被"不肖卑幼"私下典卖，从中牟利。

殿中丞陈延赏赴任筠州途中，察觉勤劳与贪欲交易的隐情，气愤的口水淹没了私欲的蔓延，奋笔疾书的速度，以果敢的刚正阻断了蛀虫生长的速度。

上书朝廷，乞请皇上追查，依敕断还。

皇帝震怒，责刑部详察，严惩不贷。

一切贪念在义正词严的表情里迅速败下阵来。

大义灭亲，不护短、不避嫌的高风亮节，为倡廉肃贪提供了正衣冠的铜镜。

阴森的寒光，让歪斜的心思至今还在战栗。

金鸡屙银

银发苍颜，身骨健朗，一个老太婆，要管理义门三千多口人的吃饭穿衣。

洗衣做饭，亲力亲为。

这是一个副主事的规定任务，每天，从不例外。

池塘、灶膛，快速穿梭，以细小的动作分解特权。

在她的身体力行里，在生活的记事簿里，用勤劳书写最有效的健身长寿良方。

手起，棒落，遍布衣襟的汗渍，外加艰辛的颗粒，迅速溶解成简单幸福的暖流。

生活粗糙的一面已经被简单的重复摩擦出光滑的全部。

勤劳作为基座的石块也能被对生活的赤诚感化，发出"喔——喔——"的鸡鸣，就成为必然。

细心喂养的鸡的鸣叫，更加催促早起的老人，再早起、再晚睡。

平凡的日常，也能带来奇迹。

坚硬的石块孵化出雄鸡，一飞冲天，老迈而不迟缓的速度，拴住了转瞬即逝的机遇。

又多了许多练习勤劳的功课，也乐此不疲。喂食、加水，梳理细节中一些不顺的羽毛。

鸡鸣的旋律，快乐的舞姿，都成了劳作的调味品。

更让人不可思议的是，一堆堆白花花的银子，从勤劳善良的汗水中流出。

这，突如其来却又在情理之中的幸福，让大家更加愉悦地劳作。

百婴待哺

场景有些壮观，主要是满目温馨。

义门正宅之南，是专门养蚕织布的家庭纺织作坊，名曰"都蚕院"。

蚕妇在都蚕院劳动，三百多双喂养孩子的手同时养蚕，同春蚕一道编织暖床。

不少吃奶的孩子，在辛苦的都蚕院附近的育婴堂等待幸福乳汁的流淌。

睡的、玩的、笑的、哭的，姿势各异，都表达着童年的各种色彩。

一字排开，小腿儿乱蹬乱放，嗷嗷待哺，挥舞最初的动作。

一片在阳光里摇动着渴望成长的小森林，阳光次第照进幼小而纯净的内心。

不论是否亲生，只要饥饿啼哭，蚕妇们都解怀捧乳，主动喂养。

晚上与星星一起轮流看管流萤。

"堂前架上衣无主，三岁孩儿不识母"，"丈夫不听妻偏言，耕男不言田中苦"。

夜色吉祥，星光、月光、烛光，各自夺目。

井然有序。

异席同餐

一日三餐，集于食堂，用膳讲究程序。

每席必群坐广堂，不能"随其所有"。

启蒙儿童、七岁以上女孩、七岁以下女孩、婆母新媳、青壮年男士、六十岁以上老人，各自拥有自己的位置。

从不越界。

"以序而自行""数代而行之"。区分不同对象，"因人而佐食"。

病人、老人、孕妇、乳娘各不相同。

阖族同一，饮食也是交流，取长补短，"合德同风"。

"田里苁蓉应逊畔，儿孙游戏亦成行"，"文以魁天下，家和庆有余"。

吃与喝，不仅仅需要健康，更需要规矩。

以日常细节表达对和谐的践行和向往。

三孝娱母

这是《旧碑碎石》中记载的文字，故事已经陈旧，意义却十分新鲜。

北宋，义门陈氏三兄弟陈诏、陈显、陈颁，同榜进士，同样在外为官。

游弋在他乡的思母之情也大体相同。

母王氏独自在家祈祷三兄弟平安，念子忧思成病，牵挂程度与游子的思念相互呼应。

亲情的秘密源于一道皇恩浩荡的奏折。

散发人性光辉的文字与思乡之情各具千秋。

思念返乡的季节，可能是母亲即将凋零的深秋，寡言少欢，郁郁不乐，是最直接的表象。

给想念加温，最基本的做法就是晨暮起居，问安侍膳，礼无不备。

具体表现，例如，把官轿抬到老宅艾草坪，陪伴母亲和乡邻一起去踏青，老大扶轿杆，老二和老三前后跟随，让天伦之乐走出郊外。

弟兄三人抬着母亲，手舞足蹈，兴高采烈，一路说笑，犹如孩子，母亲被逗得开怀大笑。

笑声撒了一地，地上的小苗都在微微颔首。

开心的氛围延绵至四乡八邻感慨的脸上，百姓以陈诏兄弟为"三孝子"。

笑声延伸至皇宫，三孝子分别被封为太傅、太师、少师。"三孝堂"，自此在朝野与民间屹然站立。

环绕厅堂的笑声，在时光中如何持续回响？

尧咨受教

陈尧咨，显然被年轻得志这个词语给惯坏了。这也难怪，凭借聪颖好学，刻苦努力，练就一身文武双全的本领，三十一岁中状元，官至吏部尚书、节度使。

人，太过于顺风顺水，就难免沾上骄傲自大的毛病。

也就忘记了给谦逊让道的习惯。

比如，在靶场上射箭，箭箭射中靶心。在围观的人们一片喝彩叫好声中迷失了方向，卖油老头略微点头的赞扬力度不够，就成了热锅里的一瓢冷水。

"你认为我的箭法不高明吗？"

"这没什么，只不过手熟而已。"

脸色突变，怒气冲天："你怎么敢轻视我的箭法！"

老头以葫芦置于地上，一枚小钱盖在葫芦口，用勺子从油篓中舀出油来，将油慢慢地从钱眼中倒入葫芦里，油倒完，钱孔周围没沾一点油。

围观人和陈尧咨都惊讶得目瞪口呆，老头笑曰："这也没什么，只不过手熟而已。"

任荆南知府时，一日，回家探母。其母冯太夫人问："你在荆南做知府，有些什么政绩？"

　　"荆南来往的官员很多，经常都有宴会迎来送往。我常在宴会上表演射箭，让客人们欣赏，客人们没有不佩服我的。"

　　"你做官不勤政爱民，却专爱炫耀你的什么神箭，这符合你父亲的教导吗？"

　　生气的拐杖完成对耀武扬威的鞭挞。

　　陈尧咨佩戴的华丽的金鱼被现实击碎。

　　浮华与骄傲在务实的本质面前败下阵来。

　　教训与责罚，才是最真实的宠爱。

　　作为儿子，孝顺就是跪拜，并竭力矫正错误的路径。

　　与过去决裂，严以律己，凡事躬亲，为国为民做实事。

　　完成华丽转身。

"义"保平安

这个故事包含两个片段：战争与天灾。

时间：北宋末年。地点：江州。人物：义门陈氏陈昆兄弟七人及三千族人。

片段一

北宋末年，金兵南侵，占领江州城。朝廷出兵讨伐，向犯境之敌宣战。

义门陈氏陈昆兄弟七人参加战斗，英勇抗击金兵，以无畏的豪情抗击侵略。

兄弟七人冲锋陷阵，出生入死，英勇杀敌，攻克江州。然而战事反复，七兄弟和大宋官兵数千人及城中数万百姓被困江州城，被困官兵和百姓手持利刃，奋力刺向金兵的心脏。收复失地之时，百姓十之八九被金兵杀戮，尸体盈巷，血流成河。陈氏七兄弟虽被短暂的意外打散，却无一伤亡，甚至毫发无损，劫后余生的团聚被时人称为奇事。

内阁大学士、兵部尚书、知制诰胡旦说，义门七兄弟"异处同归"，"义之所感也"！义门陈氏忠肝义胆，庇佑族人平安。

片段二

某一年，频繁天灾和战乱，百姓流离失所，缺吃少穿。仅江州一地，饿死人难以计数。有整村人都死光的现象发生，哀鸿遍野，所有人的脸上都写着绝望。

义门陈氏三千余口在生死线上煎熬，挖野菜、采野果，延续每个人的生命。灾难是检验人性光辉的试金石，一碗粥，先给老人孩子；一个野果，每人咬一口。一门和谐，互相礼让，团结互助，共渡难关。灾荒过后，三千余口竟安然无恙，未饿死一人。又一个人间奇迹。

胡旦在《义门记》中写道，陈氏能在"仍岁饥荒""啜粥杂以藻菜"的困境中"怡然相存"，是"义之所至也"。

结论："义之所感""义之所至"，心怀忠义一定可以战胜一切意外的非法入侵和灾祸的蔓延，会让人一生平安。

雁南千秋

最后的叙述与你的无畏有关，与我们相似的经历有关。

你和我，最初的命运安排都是传道授业解惑，教书育人二十载，你始终没有明白，如何平衡面包与文字光芒的和谐关系。

我找到了，所以，我还能为你的命运轨迹打一个感叹号。你却成为探寻义门历史光芒的殉道者。

丢失了面包来源的渠道，去寻找另一条抵达精神电波的漫长道路，终究要为恒久的初心殉葬。

以九年的时光，毕生的心力，在文字的道场里跋涉。脚步在所有涉及义门人走过的大地上留下神圣的印记，在旧址与新居之间穿梭，在史志、宗谱与现实中来回巡游，在信件与文献中转换，不变的身份是义门历史的铸造者。

八卷《江州义门陈文献集》，比生命还重要的著作，一百五十万字站立的高度，相比于义门的悠远，谁更能在天空中挺立得更高？

为何，一座精心构筑的大厦，却不能落地生根，找到呈现的路径？

为何，一个以传承历史为使命的义士，最终会被残酷的现实击倒？

　　天穹中飘荡着的无数个问号，谁能找到计算精神与现实的换算公式？

附

录

家谱，精神图谱（创作手记）

每一次小心翼翼地翻看泛着岁月光斑的文字，心中的柔软，由衷的敬佩，不由自主地放射出层层光圈。

一切，都是那么富有传奇色彩。

唐宋时期江州义门陈氏家族，创造了三千九百余口、历十五代、二百三十余年聚族而居、同炊共食、和谐共处不分家的世界家族史奇观，是中国古代社会中人口最多、文化最盛、合居最长、团结最紧的和谐大家族，也是古代社会的家族典范。

追寻移民大潮的脚步，不仅仅是追根溯源，找寻先辈们前行的脚步，更主要的是被过往的有关家风、家训的那些逝去的故事情节所吸引。

透过这些鲜活的细节，伴随陈氏家族行走大江南北的坚定步伐，看其忠义之范、和谐之盛、文明之优、教育之先、风气之美和义传之广的精神之光芒，相互辉映。

经过传播、升华、继承、弘扬，衍生成为今天的"诚、孝、俭、勤、和"。

所以，一个家族的精神情结，又何尝不是一个民族的精神图腾？

我只是如实记录诗意的再现，怀着崇敬之心。

仅此而已。

写实的转变与散文诗的可能性

—— 由陈平军散文诗集《紫阳书》想到的

◆方文竹

当代散文诗充斥着小花小草、浅唱低吟的病态，这种变味的写作对于当代散文诗显示出合法性的危机。对此反拨与"医治"有何良策？我认为，关注现实生活和人的存在当是必要的路径。

读罢陕西作家陈平军的散文诗集《紫阳书》，不由得想到这个问题，并为他的作品与问题意识产生出某种谋合性而欣慰。可以说，陈平军的散文诗作给予了一定的提示和解答。

从《紫阳书》看得出来，陈平军不再"好好爱我""心语风影"（前两部散文诗集名），而是在求变、创新中将眼光和笔触对准现实和历史真实发生的事情，其路径无比正确，四辑的内容几乎皆写实，甚至地点、人物、事件、场景、风物等均一一交代清楚，类似新闻报道基调。另外，历史是另一种写实。可以说，作者实现了由传统抒情向经验表达的转换，我认为是可喜的一跃。

对于写实，作者受到上天的惠赐，其居住地紫阳似乎是现成的篇章，这里无须多言。但是，写实不是照相，而是艺术的提炼。《紫阳书》亮点多多：写"贫困"的篇章体现出作者念社稷、济苍生的悲悯、壮阔情怀；写"历史"的篇章在不动声色中巧妙地转换成"当代故事";写场景带动词语的琳琅珠玑,信息量火爆,现实感强;陈旧的题材透出新意来;哲理与具象的巧妙融合;一些标题颇见诗性;诗化与散文化的适度探索……这些都显示出作者的写作功力,是写实不可或缺的前提。

其实作者所传达出的内容和技巧等特色,或者说作者的写作"全貌",在《紫阳书》开篇已经总结出来了:

一撇用碧绿而鲜嫩的茶叶装点用旧的山川,一捺用跳跃的紫阳民歌舞动任河的内心。

所有的笔顺起始于对万物苍生的虔诚,对山下踽踽前行的背影的敬畏。

所有酝酿于腹中起始的句子是这篇文章的重点,其余的结构都交给跋涉的脚步,剩下的词语都交给汗水与辛酸去表达,或者交给隔岸明暗不定的万家灯火去修饰、打磨。

角度新颖,构思精巧。总体框架以"书"穿插,带动、激活所要表达之物,既有地方性("碧绿而鲜嫩的茶叶""紫阳民歌"),又有超越性视野("对万物苍生的虔诚,对山下踽踽前行的背影的敬畏"),第三节呼应、强化"书"的内涵并带有未定不明的暗指,内容丰富,境界全出。

若按高标准衡量,作者的写作尚存在一些不足。与实对应的是虚,这方面做得还不够。意境更多的是写意,空灵、幻境等皆虚也,虚的配额还不够。相应地,语言还可以更诗化一些,忌平实。场面和事件不必太完整。对于写作美学来说,有时候完整反而是残缺。有些篇章开掘得还不够深入。

以上这些若有改观,作者会跃上当代散文诗巅峰级别的行列。

方文竹,男,安徽怀宁人。1998年毕业于中国人民大学,获哲学硕士学位。现居安徽宣城。出版诗集《九十年代实验室》、散文诗集《深夜的耳朵》、散文诗理论集《建构与超越》、散文集《我需要痛》、长篇小说《黑影》、学术论文集《自由游戏的时代》等著作二十一部。曾获安徽省政府文学奖、中国当代诗歌奖、中国·散文诗大奖等。作品入选《百年诗经》《新诗百年诗抄》《当代传世诗歌三百首》《中外现代诗歌精选》《1990年以后的中国诗歌》等。

谱系记忆的当下再创造

◆陈伶俐

中国人自古以来便重视家的根系源流，寻根问祖也一直是中国人重要的文化传统。正所谓"国有史，方有志，家有谱"，家谱是一个家族的历史文化缩影，延续着家族的血脉，更传承着祖上的遗训。用家谱去绵延家风、传递孝悌，在家谱里温故过往、明确未来，无疑是当下浮躁社会和消费文化里的一丝沉静、一种持守和一份温情。

"家谱记"便源自陈平军在阅读或编修家谱过程中的点滴感触，字里行间我们不难感受到他作为家族后人对历史的深情追思以及对先祖的诚挚缅怀。陈平军的散文诗向来因温润自然、朴实畅达而动人心弦，带有极强的乡土情怀和家园意识。他擅长探寻日常生活里的幽微诗意，常常在自我的出走与回归之间找寻着精神的皈依之地。这组"家谱记"一如既往地延续了他散文诗中的温情和素朴，但又跳出了其日常的生活琐碎，在呈现历史、讲述故事的过程中表现出更加达观、通透的诗歌风貌。他站在记录人和回顾者的角度，用谨慎谦卑的姿态重现着家族曾经的繁衍生息和人物事迹，娓娓道来的诗句有温度、见情感、通义理。

理清脉络，在家族的兴衰和沉浮中感怀乡愁、企盼团聚。从《千年龟》到《数字义门陈》，从《碎锅析庄》到《醉鸽和酒》，陈平军用温润的语言和饱满的情绪细数着家族的历史变迁。"太平乡""常乐里"，连名字里都是安稳与太平的盛世家族，不料却因"义门家风"过盛、需教化天下的一纸圣旨而分崩离析。三千九百余人口从此"碎成二百九十一块大小不一、无规则的向往"，从此化为"七十二个州郡、一百四十四个县、二百九十一个庄的深浅不一、长短各异的乡愁"。经历十五世、二百三十年的代代相传，曾经同荣辱、共进退的大家族早已散落四方，而诗人感念的是不曾流变消散的"仁义"家风，慨叹的是"合久必分""分久能否再合"的当下与未来。

重温细节，在人物的故事和情感里思索忠孝、感悟仁义。修史续谱，本是一件枯燥乏味之事，但若将目光聚焦于漫长岁月里一个个或动人心弦或摄人心魄的小故事，去感悟人世间难能可贵的精神和情感，这份乏味便也化为了绵长悠远的诗意。于是，我们看到《舐目复明》里在外为官的儿子为了治疗母亲的眼疾，不顾一切归家伴母，化为"至孝至诚膏，或曰至仁至义液"的药方；看到《股肉疗夫》中妻子甘愿用自己的血肉换来丈夫的健康，只求心灵的永恒相伴；看到《含苞稻草》里大家长一声令下，族人将一年的口粮奉献给了朝廷战场，换来了边境百姓的安宁……这些故事关于仁义孝悌，关于相守相依，更联于家国情怀。陈平军显然是有意将这些精神通过短小精悍的故事一一呈现，进而用它们去传递一个家族最宝贵的精神财富。

把握技艺，用家族的故事和传说去传递哲思、平添理趣。纵观这组"家谱记"，我们不难发现，题目大多为四字词语，类似我们常见的古代寓言故事和神话传说。诗歌的语言也是凝练质朴，自然贴切，读来十分畅快。从内容上看，叙事与议论同在，偶尔穿插情感和哲理，字里行间带给我们的是一种传神的真实和一份微妙的理趣。譬如《百犬同牢》中"一犬不至，百犬不食"的人性彰显，又如《飞杖引泉》里飞杖一拔便汩汩流淌的仁义之水……这些颇具传奇色彩的故事经过诗人细致生动的刻画，加之以情感的浇筑和精神的升华，显出了别具一格的浪漫情致。

树高千丈，叶落归根；江水悠悠，源起何处？我们在长逝的岁月里一往无前，一路的印记却越来越少有人去细数捡拾。当陈平军用后人的视角和诗人的情怀去重新审视一个家族的历史过往之时，那些一度被岁月尘封的记忆也变得鲜活生动起来。而诗人最终呈现给我们的不仅是一章章意蕴深远、风格独具的散文诗，更是一种回顾往昔、映射当下的精神气度。

《散文诗》2019.01（总第 495 期）

陈伶俐，女，1994 年生，湖北神农架人，中国现当代文学专业硕士研究生，主要从事中国当代文学批评与新诗研究。

揭秘（代后记）

　　许多雪花，正在赶赴这个季节约会的路上，一切都还在酝酿之中，就像这些五彩缤纷的词语，都在通过不同的路径，准备抵达我的灵魂原乡，完成最后的集结。

　　毫无疑问，这魔性十足的疆场，一定是我驰骋的国。

　　当我每一次轻轻说出它的名字，本来就是一种诗意与美好的再现，这是毋庸置疑的。

　　所以，为我的家园命名，最好的词汇就是它自己，一切已经无须多言。

　　我所要做的就是为它添加多个注释，用两个通道来实现它。

　　历史与现实。

　　在淡黄宣纸的光泽里，翻拣沙砾中最真实的部分，打磨出或多或少的金属质感。

　　在平淡的日常俗事里，穿越琐碎里最闪光的细节，分拣出或深或浅的本质乐章。

　　许多词语正在探求这些真相的路上变换着各种姿势，和我进行不同层次的对话，或低语呢喃，或激昂高亢。

　　作为一个与世事对话的参与者，我所能做的，只有为你们找到一个合适的角落。

　　完成这些神圣的工作耗费了我 2016 到 2018 三年时间，相比于我的三十年朝圣之旅，不过是细微的十分之一，这与悠久的过往相比显得多么微不足道。

　　我知道，这仅仅是一个起点，终点不会太早出现。